Peeterman

Salamander

Ander werk van Helene Nolthenius

Addio, Grimaldi! (novellen, 1953)
Buiten blijven (roman, 1966)
Een ladder op de aarde (roman, 1968)

Helene Nolthenius
De afgewende stad

Amsterdam
Em. Querido's Uitgeverij BV
1975

Eerste druk, 1970; tweede druk, als Salamander, 1975.

ISBN 90 214 9351 9

Besinnung versetzt den Menschen in jenes Zwischen,
darin er dem Sein zugehört
und doch im Seienden ein Fremdling bleibt.

Heidegger *Holzwege*

'De sleutel van uw lofzang zal de dag ontsluiten,' heeft een prediker tot dit bergvolk gezegd, in de tijd dat er nog predikers waren. 'Vroeg in de morgen, zodra ge blauw van wit onderscheidt, en blauw van groen: dan zult ge zingen.'

Op Gharna zijn het allang de mensen niet meer, die de dag ontsluiten tussen blauw en groen. Het zijn de vogels. Een lange schreeuw, de eenzaamheid van de nacht hangt er nog aan: dat is altijd de eerste. Soms wordt de oude vrouw er wakker van. Vaker wekt zij met haar wachten de vogels.

Een tweede schreeuw, dringender, luider. Signalen van een schorre bazuin. Zo hebben in Eddur de wachters van de tinnen geblazen toen de barbaren over de noordkam kwamen. Wat voor vogel daar roept als een schorre bazuin, waarom het willen weten? De oude vrouw heeft er nooit naar gevraagd; aan wie trouwens? In gedachten ziet ze hem goed. Waaierende veren, groen, blauw, wit; daar heeft hij naar zitten kijken als naar een klok, tot hij de kleuren onderscheidde.

Maar nu komen de anderen, opeens en van overal. Ze tjilpen, koeren, kwetteren, ze glijden hun slaap uit en weven een web over Gharna, een web van klanken. De oude vrouw is opgestaan en zoekt haar weg naar het schemervlak van de tuindeuren. Als ze buiten komt spatten de klankfonteinen pas werkelijk omhoog, of zijn het raketten en vuurpijlen, de oude vrouw vindt geen woorden voor de uitzinnigheid van dit gejubel, altijd anders, altijd rijker en hoger, de wereld siddert, vult zich, loopt over van geluid.

Beneden bruist de rivier zijn beloften van vóór zonsopgang. De dieren die in de kreek komen drinken, plenzen en proesten hun baspartij mee op de bodem van deze ochtendmuziek. Nu en dan zijn hun donkere gedaanten vaag te zien vanaf het terras: schimmen, geen medeschepselen, zoals tegen de avond, wanneer de slobberhaast van hun koppen zich aftekent, en het kinderlijk zwiepen van hun staartjes. 's Morgens hangen de mistsluiers nog te dicht over het water, wisselend door alle tinten lila. Het is koud. De oude vrouw trekt haar vacht dichter om zich heen terwijl ze de tuin ingaat. De lucht is zuiver alsof het gesneeuwd heeft, een gletsjer om ín te ademen. Lucht wast schoon waar water niet bij kan.

Blote voeten schrikken dagelijks weer van het natte gras. Honderdduizend bedruppelde halmen, neen, het zijn er meer, denk eens hoeveel één schrede er plat drukt. Een miljoenenstad van kleine groene levens. Zwijgende levens. De mensen hier zeggen dat er zielen huizen in grashalmen. Onverloste zielen die boeten om ook van deze simpelste zijnsvorm te worden bevrijd. Ik wil best, straks, denkt de oude vrouw: gras zijn in Gharna. Ze verlangt het zoals een bedelaar een kroon verlangt, spelenderwijs. Gras zijn in Gharna. Zijn zonder denken. Zijn-puur.

Boven haar worden de vogels stil. Ze hebben de bladeren wakker gemaakt, die huiveren in een windstoot. Er waagt zich al zon langs de kruinen, maar de wereld beneden aarzelt nog en houdt de adem in; alsof de dag een jong hert is dat door een enkel gebaar het bos van de nacht weer wordt ingedreven. Dadelijk zullen de eerste stemmen uit de nederzetting klinken, en de mekkerende gemeenplaatsen van kleinvee dat uit zijn stallen dringt. De oude vrouw sluit de holle handen als om deze laatste stilte vast te houden. Over de drempel van dag en nacht ruist alleen de rivier.

Leembruin jaagt ze voorbij. De stroming trekt lijnen over haar soepele rug, vluchtige lijnen en kringen, letters, juist vervaagd als men meent, ze te lezen; zoals ook haar ruisen juist ontsnapt aan ons verstaan. Wat ze bedoelt weet de oude vrouw toch wel: 's morgens, 's avonds; als de droogte haar bang of de smeltsneeuw haar boos maakt. De rivier lijkt op een M'Edda zoals men ze soms door de dorpen ziet gaan. De M'Edda's zijn verbijsterde vrouwen. Ze kijken niet op of om, ze reppen zich voort naar niets, nooit komen ze aan. Ze mompelen in zichzelf, onophoudelijk, onverstaanbaar. Zo is de rivier. Om haar te kennen moet men oud zijn; maar misschien geldt dat ook voor de M'Edda's.

Daar is de zon; en nu is ook de bloemengeur tot leven gekomen die over de grond heeft liggen slapen. Het hoofd achterover en de ogen dicht, snuift de oude vrouw naar het nieuws van de dag. Vogelkers en blauwe regen, die geurden gisteren al. Er dringt iets bitters doorheen, geler, de lijsterbes moet open zijn. Maar dan komt dat bedwelmende paars ook van de lelies verderop: die komen op de dag af met de lijsterbes naar buiten.

Geur is minder stoutmoedig dan klank, blijft dichter bij huis, maar hangt daar ook gesloten als mist. Straks is de hele tuin verdeeld in kamertjes van geur, van log tot licht, van verdovend tot prikkelend. De mensheid ruikt minder dan ze kijkt, daarom zijn er te weinig namen voor geuren. De oude vrouw van Gharna past sinds jaren de regenboog op geuren toe, scheidt violet van flessengroen en roestbruin van donkerrood, al naar de aard en de hevigheid van wat ze ruikt. Anderen zouden anders kiezen, maar dat hindert niet. Taal is privé-bezit.

De azalea's, ze voelt zich ongeduldig, het is of de azalea's haar roepen. Ze dringt door de struiken en kijkt niet om, ofschoon ze weet dat de vrouw Ilosja van de rivier komt met een kruik op het hoofd. Keek ze om, dan moest ze groeten. Dan zou Ilosja haar zonder geestdrift meewenken naar de hut en haar koffie aanbieden met de enige Engelse volzin die ze meester is. De oude vrouw zou er op moeten antwoorden met de enige volzin in Ilosja's taal die ze meester heet te zijn. De morgen is er te mooi voor. Ze zoekt de azalea's en de azalea's bekennen meer kleur dan gisteren, strogeel wisselt af met steenrood, met oudrose; maar hun geur is wrang en neigt naar lichtgroen.

Ilosja is niet blanker dan de rest van haar stam, maar een paar van haar kinderen zijn blond. Misschien is het waar dat haar moeder de laatste jaren deelde van de geleerde wiens graf op de heuvel ligt. Maar ook die moeder is dood, en hoe kan de oude vrouw er naar vragen, ze kent de taal immers niet. Weten schept onrust. Een groetende hand, twee gebroken volzinnen, daar kan een samenleving op drijven; maar erkende halfzusters laten het er zelden bij.

Een groetende hand, twee gebroken volzinnen: op méér stelt ook de bevolking van dit dal geen prijs. Woorden zijn bij hen zo schaars als graankorrels, en even kostbaar. Wie er mee smijt is een verkwister, en verdacht. De oude vrouw verkwist niet, men heeft haar aanvaard. Ze is haar vaders dochter, ze gaat haar eigen weg. Dit volk is gewend aan oude vrouwen die op noch om kijken, zich voortreppen naar niets, onverstaanbare woorden mompelen: de M'Edda's, de Afgewenden. De oude vrouw heeft een zwak voor die naam. M'Edda, dat kan ook betekenen: zij die in Eddur thuishoort, de afgewende stad.

Eddur, onmogelijk, ze kan er niet heen. Ze heeft Maj immers losgelaten, een dag of wat terug. Nu komt hij hinkend naar huis en zoekt de nederzetting op voor hij zijn roes gaat uitslapen: daar wordt hij bediend als een man. Hij staat ver boven de schurfthonden van de stam, hij is zeker zeven levens verder, zeggen de mensen. De oude vrouw ziet hem gaan vanuit haar kastanjeboom en glimlacht. Zeven levens geleden was Maj nog een wolf, en al die levens steken de koppen op, spitsen de oren en luisteren mee naar hun eigen gehuil als er medewolven in de buurt zijn. Dan is het goed hem vast te houden, maar de oude vrouw liet hem los. Zonder Maj haar lijfwacht kan ze niet naar Eddur, en heimelijk wil ze niet naar Eddur. Eenmaal boven ontkomt ze niet aan de ban van de ruïnes, en ze is nog niet klaar met het voorjaar beneden. Een orkaan van voorjaar, wat heeft ze niet in te halen, tientallen lentes waaraan ze voorbij heeft geleefd in de stad.

Haar handen verdwalen tussen de blaren. Hoe groen ze zijn, hoe bedeesd ze zich wagen uit de cocons van hun knoppen, enkel boven tussen de takken ervaart men dat goed. Enkel wie omhoog klimt hoort er bij.

Hij leeft het bomenleven mee, hij voelt het ademen van het hout en hoe het licht en aarde eet. Rondom heeft de kastanje haar kaarsen aangestoken, haar blaren hebben het druk met de wind, een ruisende schommel van groen. De kastanje van Gharna is hulpvaardig voor een M'Edda; andere bomen laten haar zo gauw niet toe.

Een mens moet zich haasten met kastanjebloesem: geen week en de verschrompelde kelkjes schieten weg op de rug van de rivier. Met de hele lente moet een mens zich haasten, ieder jaar schijnt ze haar film weer sneller af te draaien. Langs het huis verspringt de bloei als een toverbal van de gele klimplant op de blauwe, op de rose. De kersen zijn nauwelijks uit of de perziken trekken de aandacht naar zich toe. Doornige struiken staan te pronken, wit, donkerrood, en verroesten alweer. Goudenregen, verheven en puur als een maagd in extase, verfrommelt voor de ogen van haar bewonderaar tot grauw papier. De winter is nog niet weggeborgen of de rozen breken uit en het voorjaar is voorbij.

Ik ben niet ondankbaar, verdedigt de M'Edda zich tegen de kastanje. Ik denkt dat ik te oud word voor dit tempo. En mijn moeder was Schots, ik ben te zuinig. Het gaat me aan het hart dat iedere dag me uit de handen genomen wordt voor ik hem leeg gedronken heb. Gulzig ben ik, zegt de M'Edda. Een gulzige oude vrouw die weg blijft van Eddur om zich aan dit blindelingse bloeien te bedrinken.

Beneden drentelt ze door de kamertjes van geur. Aan de voet van de heuvel vindt ze de rode bloemen open, de grote, die ze vuurlelies noemt; bij de beterweters heten ze zeker anders. Drie, vier, zeven tegelijk; eerbiedig buigt ze zich over de vlammende kelken.

De wereld van een bloem. Aderen vertakken zich tot in het onzichtbare. Ze ciseleren de wanden onder hun dofrood velours. Uit de diepte rijst de stamper als een altaar omhoog, de priesteressen van haar meeldraden staan er behoedzaam omheen; meeldraad zijn is misschien nog beter dan gras. Naast deze tempel een andere, en weer één: een heilige straat van rood bloeien. Een straat van beschouwelijk leven waar we doorheen blunderen, op ons best aan ruiken, op ons slechtst van plukken. Vazen met bloemen! Ze zijn erger dan een dierentuin. Alsof het de taak van een bloem was, ornament te zijn. Bloemen zijn de tempels die de aarde heeft opgericht.

Er vliegt een hommel de rode tempel binnen met de luidruchtige vertrouwelijkheid van een stamgast, en de M'Edda komt meteen overeind. Geen gemeenzaamheid met het mysterie, liever vreemdeling blijven. Ze houdt niet van insekten. Ze mag hun materialistische ijver niet, insekten lijken op mensen. Planten staan hoger. Ze zijn ontkomen aan de driften van beweging en geluid.

Over de heuvel aait de noordwester met handen, koel van de sneeuw waarmee hij boven heeft gespeeld. Er hangen kleine witte wolken boven Gharna, de laatste versierselen op een staalblauw uniform: in de komende maanden is van daarboven op schaduw noch regen te hopen. Als de ochtend vordert, ligt de M'Edda naast de slapende Maj om nog eens goed naar de wegtrekkende wolken te kijken; weinig dingen zijn zo noodzakelijk in dit leven als het kijken naar wolken. Hun stadig bewegen is de rijkdom van wie zelf tot stilstand zijn gekomen. Insekten en huns gelijken vermoeden het bestaan van de wolken niet eens, maar wat zien de anderen boven hun hoofden? De golven van de Tegenrivier, heeft een prediker van het volk-hier gezegd, lang geleden, toen er nog predikers waren. En zijn volgelingen lichtten toe: water streeft naar wolk, wolk wordt als druppel heengezonden, de ziel is een druppel die daalt en stijgt.

De oude vrouw ligt in het gras en ziet de zielewolken trekken met de rust van een aanvaarde bestemming; maar ze ziet ze anders dan de prediker ze zag. Stam na stam, denkt ze, eeuw na eeuw, cultuur na cultuur, de wereldgeschiedenis op drift. Legers wolken, karavanen wolken, mensheden wolken, bezien vanuit de vredige verte die volksverhuizing tot wolksverhuizing maakt. Ze knippert tegen het dansend mozaïek dat zon en blaren over haar gezicht leggen. Als kind lag ik hier en zag er landen in, bergen, kastelen, en ik dacht: daar reis ik later heen. Toen zag ik een leven lang niets, want ik vergat omhoog te kijken. Nu denk ik: maar ik reis toch? Beneden hoor ik nergens, maar ik hoor bij de wolken. Ik zeil mee met hun vergankelijkheid, onbekommerd, onbestendig, langs een tijdeloos scherm. De eeuwen vervliegen tot vage pluimen, even nog, dan vervlieg ik mee, zo moet het zijn. Ze glimlacht even: als de Historie zelfs geen wolken meer met rust laat, begint Eddur het van Gharna te winnen. Dit is de eerste bres.

Onder de boom slapen de hond en zijn vrouw drie meter uit elkaar. Ze dulden elkaar met enige waardering, ofschoon Maj eigenlijk niet van mensen houdt en de M'Edda eigenlijk niet van dieren. Het zijn hun eigenschappen waar ze van houdt: de kracht van wolfshonden, de zangdrift van vogels, de hooghartigheid van een kat. Hun aanhankelijkheid zou ze als belemmerend ervaren. Stug: de kolossale hond in zijn slonzige pels, de tanige oude vrouw in haar verschoten kleren; Afgewenden, allebei.

De bres is geslagen, dat kon niet uitblijven. De dag komt waarop de M'Edda de borst van de lente loslaat als een volgezogen kind. Ze heeft de kracht niet meer om een maand lang feest te vieren; de uitbundigheid van dit bloeien vermoeit haar. Het ouderwetse schrijfbureau van haar vader wordt ongeduldig en begint te roepen uit al de monden van zijn houtwormgaten. Even nog weet ze zich doof te houden, want de acacia's bloeien. Acacia's zijn bomen van wie men dat niet zou verwachten, elk jaar weer kost het hun moeite om tot een vriendschapsboeket te besluiten, zijn hun stekels en sierlijke blaren niet genoeg? Daarom zijn ze zo laat, en pronken niet met hun trossen, alsof ze zich distantiëren van hun grootmoedigheid. De M'Edda begrijpt dat heel goed, en is kwistig met haar dankbaarheid... maar op een avond is het uit. Ze sluit de luiken van haar werkkamer. Even blijft ze staan om de fluwelen duisternis op haar vermoeide ogen te voelen, voor de lamp haar toverkring over de schrijftafel mag leggen; de ouderwetse staande petroleumlamp die ze aantrof toen ze terugkwam naar Gharna: carbidlicht kan ze niet uitstaan. Ze blaast het stof van haar paperassen en tilt een kleitafel uit een lappenbed. Ze leest al terwijl ze haar stoel aantrekt en schiet door vierenhalfduizend jaar heen met de snelheid van het licht. De hond blijft in huis en loopt de volgende morgen naast haar ezel.

Het volk, schoffelend op kleine akkers of loom naast grazend vee, kijkt vluchtig naar de hond van Gharna en zijn M'Edda. De oude vrouw ziet ze niet eens, hoe zou ze kunnen, ze zijn nog lang niet geboren. Ze ziet geen akkers, geen kudden, ze ziet de stad die zich bloeiend heeft uitgestrekt tussen rivier en burchtrots, voor ze door de horden van achter de bergen werd verwoest, vier duizendjaars-wolken geleden. Enkel boven rijzen nog zuilen omhoog, op de burchtrots die de ezel nu voorzichtig beklimt. Wat zuilen, wat puin, waar ooit een paar geleerden mee bezig geweest zijn. Ze gelden als staatsmonument en van tijd tot tijd komen er toeristen naar kijken. Het valt tegen, ze blijven nooit lang, de reisbureaus maken geen reclame meer voor de trip.

Het valt tegen, natuurlijk. Eddur, de Afgewende, geeft zich niet prijs aan onbevoegden. Haar verlatenheid is haar glorie. Wie zou zich aan het Forum vergapen, of aan de tempels van Delphi, wanneer de Geschiedenis hun restanten niet met keizers en pythia's bekleedde? Van deze roze stad weet men niets – nog niet. Zelfs niet, hoe ze heette, want Eddur is een naam uit latere tijd. Verweerd, eer vaal dan roze, steken haar stompen omhoog of laten zich, ontworteld, door struiken overwoekeren – en ze zwijgen. Ja, wie het Forum liefheeft om de bloemtrossen tussen willekeurig puin, en Delphi om het ijle licht over de olijven – die zou ook de schoonheid van Eddur wel zien. Maar voor schoonheid zonder achtergrond behoeft men zo ver niet te reizen.

De oude vrouw rust uit in de schaduw, bij de hut van de wachter. Zelfs hier is een soort lente omhooggeklommen, de zuilen verdwijnen onder felle bloemtrossen. Ze staan er verlegen bij, als sparren met kerstballen. Ver, achter het rivierdal, torent het bergland omhoog. Uit het groen dat het kronkelend water omzoomt klimt het, kaal, verschroeid, verbrokkeld, keten na keten naar de besneeuwde kroonlijst. Daar zijn ze vandaan gekomen over de passen, de barbaren die Eddur verwoestten. Een eeuw lang in kleine rovershorden; ten slotte talrijk en onontkoombaar. Als mijn ogen sterker waren, denkt de oude vrouw, kon ik de zon nog altijd zien flikkeren in hun helmen en speerpunten. Ze bezetten de stad in het dal, ten slotte namen ze de rots, toen was het met Eddur gedaan. Veel later, toen ze schrijven konden, stelden ze hun zegetocht te boek, met alle mirakelverhalen en pralerijen die heldendichten eigen zijn. De vader van de oude vrouw heeft het relaas vertaald van kleitafels uit het museum in de stad; het museum dichtbij het consulaat waar hij ten slotte zo weinig tijd meer doorbracht dat Zijne Majesteits regering hem met een voorwendsel pensioneerde. Hij is het, die Eddur herkend heeft in de *Stad gedoopt in zonsondergang* waarvan het relaas met eerbied melding maakte. Hij heeft er de tempel van de Doodsgod teruggevonden, waar de barbaren bang voor waren zodat ze de burchtrots vermeden – juist als de bergbevolking tot op de huidige dag. Zover kwam de vader van de oude vrouw – maar van de oerbewoners wist hij niets.

Mirre de wachter is naar buiten gekomen, broodmager, zwijgend. Hij bezit de trekken, en het onderhuidse fanatisme, van de bergbewoners, maar hij heeft een tijd in de stad geleefd en daar een mondvol Engels aan overgehouden; zo werd hij wachter en kreeg een pet. Wat hij uitgevoerd heeft in de stad zou de M'Edda niet kunnen zeggen, van zijn tegenwoordige leven weet ze niets. Wat Mirre terloops over zichzelf berichtte slaat enkel op een vorig bestaan waarin hij, als prins van deze stad, moest aanzien hoe de M'Edda, zijn zuster, door een bendeleider werd weggesleept; welke bendeleider daar inmiddels steeds nog voor boet. Het is duidelijk dat zulke gegevens meer ter zake doen dan wat hem later wedervoer. Ze verklaren wat hen beiden terugbracht naar Eddur, en waarom ze Eddur beter kennen dan wie ook ter wereld. Het noviciaat van een vriendschap, waarin men mededelingen uitwisselt, kon dan ook gevoeglijk worden overgeslagen: nog maar zelden behoeven deze nazaten hun toevlucht te nemen tot een woord. Wat Maj betreft liggen de zaken uiteraard anders, omdat hij in een lager stadium verkeert en daardoor minder begrijpt. De M'Edda krijgt haar beker alleen met een hoofdknik, maar tegen de hond zegt Mirre: 'Drink, bendeleider, en dat deze straftijd uw laatste mag zijn.'

Naast elkaar zitten de tweede oude mensen verdiept in wat er niet meer is. De rest van een tongewelf richt zich op en vult zich aan, krijgt zijn dakfries terug, zijn bordes met stenen dieren, in de schemerruimte de lijnen van een offertafel: de tempel van de Doodsgod. Plavuis van een straat, de geblakerde muil van de stadsoven, het geknars van molenstenen. Links en rechts rekken de zuilen zich uit en vertakken zich tot galerijen, tempels, het gerechtshof, het verblijf van de vorst. Verbrokkelde wallen rond het gras waar Mirres geiten grazen, sluiten zich aaneen tot de winkels die ze geweest zijn, rond het ovale plein waar wedstrijden en toespraken gehouden werden. Uit de huizen komen kinderstemmen en misschien het gekletter van weefgetouwen; bij de ringmuur staan schildwachten op hun post. Nog heeft het uur van de barbaren niet geslagen.

Tijden schuiven over elkaar. Het heden van heden heeft geen enkele betekenis meer, als een bleke sluier, achteloos, ligt het over het heden van toen. Dezelfde steen. Dezelfde zon. Dezelfde bergcoulissen, misschien wat begroeider, maar onder dezelfde kroonlijst van sneeuw. De bekoring van oude levenshaarden ligt niet in hun vergankelijkheid, maar juist in wat er blijvend is. Vergankelijk zijn de bijkomstigheden.

Mirre is overeind gekomen en heeft met voorzichtige vingers een kleitafel gelicht uit het hooi van de ezelmand. De M'Edda grijpt haar blocnote om er de vertaling van voor te lezen die Mirre niet voor de helft begrijpt maar voor méér dan het geheel vereert.

Toen ik wist dat hij weg was, zat ik neer en weende.
Het volk kwam de poort uit. Ik zei: hij is dood.
Zij zetten hun kruiken neer en weenden.
Zij legden hun lasten af en weenden.
Hun ezels graasden niet meer, ze stonden te snikken.
Het vee liet zich vallen, en naast hen huilden de

honden.

De wachter stak de schorre bazuin van rouw.

De arend vernam het en krijste van bergkam tot bergkam.

Hij is dood! De god van het leven is dood!

Duisternis heeft hem opgeslokt, duisternis laat hij achter.

De zon is zwart geworden, de bergen zijn niet meer te zien.

De bossen: brokstukken van de nacht.

De rivier: een onzichtbare klaagzang.

De stad verzinkt in het donker, de stad heeft niets meer te hopen.

Haar koning is dood. Haar kinderen zijn wezen.

De vrouwen...

'En dan een woord dat ik niet ken,' zegt de M'Edda nuchter. 'Ik denkt dat ze rouwkleren aan moeten trekken. Daarmee breekt de tekst af.' Het is de achtste hymne aan de zonnegod, die ze ontcijferd heeft. Ze volgt Mirre die het kleitafeltje terugdraagt, voorzichtig als een relikwie. De hond maakt geen aanstalten om hen achterna te gaan, want hij ziet hun zaklantarens, en dat ze de kant uitlopen van het tongewelf, waar zijn poten menige doorn hebben opgelopen.

Acht jaar geleden is de M'Edda opgeschrikt door een zonderling geluid: de motor van een jeep. Speurend over de wal van de burchtrots zag ze de groene kever aanhobbelen over het karrespoor dat van de straatweg dalopwaarts leidt; maar hij zette koers naar Gharna, niet naar Eddur. Bezoekers dus, geen toeristen! Ze zag hen gaan met slimme voldoening. De indringers vingen bot. Ze zouden vermoedelijk op haar wachten, tot morgen, tot overmorgen misschien. Ze bleef wel vaker overnachten in Eddur. Ten slotte zouden ze het opgeven en heengaan.

De M'Edda bleef bij haar tempelrestanten, kapte weg, mat op, overwoog reconstructies – tot ze de jeep weer hoorde. Veel geduld hadden ze niet, de rustverstoorders. Ze nam de moeite niet hen na te kijken, tot een eigenaardigheid haar trof. Het geluid stierf niet weg. Het groeide. De jeep zocht het vliegveld niet op, maar Eddur. De chauffeur moest getolkt hebben en de bezoekers hadden gehoord waar ze was. Ze ontzagen zich niet, haar op de rots te overvallen.

Toen raakte de oude vrouw in paniek. Wie daar in aantocht waren wist ze niet, maar ze wist zeker dat ze hen niet wou zien. Het verleden had afgedaan, radicaal. Toehoren, praten. Plichtplegingen. Banale berichten, ze wou ze niet weten! Horzels die haar witte stilte binnendrongen. Het vooruitzicht kneep een hand om haar keel. Voor vluchten was het te laat en de rots bood geen schuilplaats. Wie omhoogklom, moest haar vinden. Wezenloos van angst hurkte ze in het tongewelf van wat de Doodstempel geweest moest zijn. Aan de voet van de burchtrots viel de jeepmotor stil.

Wat heeft haar bewogen, haar kapmes tussen de vloertegels te wringen? Herinnering, zegt Mirre natuurlijk. Zelf denkt ze: de sprong van een kat in nood. Ze wrikte het kapmes, de steen bewoog. Het kapmes als hefboom de steen kwam naar boven. Een ruimte eronder. Een tweede steen omhoog. Het gat liet haar door. De stenen schoof ze terug zo goed haar trillende handen het konden, terwijl de burcht van Eddur weergalmde van onbetamelijke luidruchtigheid. Roepende stemmen, van wie? Veel later pas nam ze de moeite hen thuis te brengen, toen ze al lang verstomd waren en het jeepgeronk was weggestorven. Goede vrienden uit Londen, enkel een M'Edda verstopt zich daarvoor. Ze heeft nooit meer iets van hen gehoord.

Maar de schuilplaats, het raadsel van Eddur! Haar tastende vingers vonden vaatwerk, tuitlampjes, hier had in vierduizend jaar geen mens meer aan geraakt. De crypt van de Doodstempel, ze verkende haar met Mirre die iedere kaars uithuilde van oudemannen-ontroering.

Wat de barbaren in hun epos vertelden was waar. De burcht die zij innamen was leeg. De goden hadden de verdedigers tot zich genomen, op de ene, onwaardige na die van de wallen omlaag was geslingerd. 'Een heilige berg!' zeiden de barbaren. 'Offers brengen!' zeiden ze, en angstvallig bleven ze weg uit Eddur.

De goden hadden de burgers tot zich genomen: hun as stond in urnen onder de Doodstempel, en hij die de crypt had verzegeld was de diepte in gesprongen.

Vaten en grafgeschenken waren schamel, het meeste viel uiteen als een hand eraan raakte; maar in een nis vond de oude vrouw de kleitafels. Sindsdien is haar bestaan geketend aan Eddur.

Mirre heeft de klaagzang gemerkt met letter en nummer, en hem een plaats gegeven in het vak Religie. Welke vakken zijn er verder nog: verdragen, verordeningen, vonnissen; pas een deel van Eddurs archieven is door de M'Edda ontcijferd. Jaren heeft ze nodig gehad om uit haar vaders boeken de taal te leren en het schrift, waarvan de volkeren in deze streken zich eeuw na eeuw hebben bediend. Ze zou zich niet behoeven te haasten, geen ander kan haar vóór zijn; maar de nieuwsgierigheid naar wat de archieven nog meer verbergen, houdt haar in beweging. Nieuwsgierigheid, een andere drijfveer is er aanvankelijk niet geweest. Met Mirre was ze overeengekomen: het geheim bleef bewaard tot na hun dood. Misschien ook daarna nog, misschien zouden ze de geheimen van Eddur met zich meenemen zoals de ene man die omlaagsprong. Deze stad was van hén, wat ging ze anderen aan?

Maar hoe dieper ze doordrong in haar ontdekking, des te verder week die kuise gedachte terug. Welk mens wil weten om het weten alleen? Komt niet voor iedereen het ogenblik waarop hij iets doen moet met zijn wetenschap en er een klankbord voor nodig heeft? Daar bestaat een nobele leuze voor: op vondsten als deze heeft de hele gemeenschap recht. Huichelpraat, heeft de oude vrouw gedacht: de gemeenschap laat haar koud. Ze kent zichzelf, ze kent haar verleden. Ze komt uit de journalistiek, het formuleren van gedachten en berichten is haar tweede natuur geworden. Geen vos verliest zijn streken. Van jaar tot jaar ziet ze de dag naderbij komen, waarop ze haar geheim aan het papier zal prijsgeven. Als ze voldoende teksten heeft vertaald zal ze de geschiedenis schrijven van de *Stad gedoopt in zonsondergang*, en dan staat de wetenschap op haar kop. Een cultuur als deze, zo vroeg, zo gaaf, is in de noordelijke bergstreken nooit vermoed. Ze zal niet vergeefs hebben geleefd, niet vergeefs zijn weggevlucht uit Londen. De 'columnist' van weleer gaat de geschiedenis in als ontdekster van een vergeten beschaving.

's Avonds drinken de dieren in de kreek met de slobberhaast en de zwiepende staartjes van iedere dag. De M'Edda ziet ze aan, maar haar gedachten zijn bij het wild waar de jagers van Eddur jacht op maakten. Ze gebruiken het woord voor leeuwen maar de beschrijving doet aan tijgers denken, die hier nooit zijn aangetroffen. Dieren als herinnering? Is dit volk uit India gekomen? Waar blijft de kleitafel, die opheldering verschaft?

De tuin is een boek met onpersoonlijke plaatjes geworden, ze is er niet langer bij betrokken en zoekt haar schrijfbureau, springplank naar een andere wereld.

Dan bloeit de jasmijn. Een genadige godheid heeft het groen van boven tot onder met milde sneeuw bestrooid, geurende lawines vallen geluidloos over de bezoekster die binnen de grot van de struiken op dorre blaren zit en uitrust van de Eddurgrotten. Zo vaak de M'Edda na wil denken gaat ze de jasmijn in. Nu haar ankers weer in haar werk zijn uitgeworpen, heeft ze beslotenheid nodig. Wie over een stamtijd nadenkt, een onbekend woord dat een volzin duister laat, wordt afgeleid door de ruimte van grasveld of terras, zelfs door de ruimte van de burchtrots – en wie het schema van zijn grote boek voor ogen heeft, lang eer de tijd daar rijp voor is, kan die ogen maar beter dicht houden:

hoeveel boeken worden geen mislukkelingen omdat ze onvoldragen ter wereld gebracht zijn?

De M'Edda zit op haar dorre blaren, soms met een gerstekoek en een kruik water, als ze haar proviand niet vergeet; maar een oud mens kan niet matig genoeg zijn, wil zijn maag hem met rust laten. Soms blijft ze slapen onder de jasmijn tot de vogels haar wekken. De natuur heeft de plaats weer ingenomen die haar toe-komt: een achtergrond, maar één die leeft en mee vi-breert. Zo gaat het sinds jaren: na de ruige winter en de bloei-explosie van het voorjaar, zijn het de jasmijn-weken die de grote harmonie herstellen. Het kan de oude vrouw overkomen dat ze zich realiseert: maar ik ben gelukkig! – en zich dan plotseling jong weet, en verlegen-dankbaar voor een dergelijk geschenk. Geluk is niet iets waarop ze geleerd heeft te rekenen. Geluk is een abnormaliteit, een natuurspeling, zoals het klaver-tjevier dat geacht wordt, het aan te brengen. Wie zijn leven doorbladert komt hier en daar de klavertjes nog wel eens tegen, die hij vertederd bewaard heeft: een verdroogd, verrimpeld blaadje geluk. Wat dan te zeggen van Gharna, een tuin vol verse klavertjes, met een oude vrouw vol klavertjes, voor wie iedere dag de dag van haar leven is?

Geen betere weken dan de jasmijnweken. Tot de avond van de catastrofe.

Patricia Borne moet het geboefte in het oog houden dat haar bagage op een gammele lorrie naar de douaneloods vervoert; maar van tijd tot tijd werpt ze toch een blik op de afhalers achter de barrière. Er zijn er die wuiven, en op goed geluk wuift ze terug, ofschoon de schaduw van het zonnedak geen gezicht laat herkennen vanuit dit ongenadige licht. Die vrouw-links zou Grace kunnen zijn.

Het geboefte bij de douane houdt haar lang aan de praat. Ze schijnen haar insektenpoeder voor opium aan te zien. Voor haar verklaringen is hun kennis van het Engels te klein of hun nationale trots te groot. Als ze eindelijk buiten komt is de vrouw-links verdwenen. Andere vrouwen zijn er niet. Grace is niet gekomen.

De overjarige bus naar de stad staat op vertrekken, maar als de chauffeur begrijpt waar Patricia heen moet raadt hij haar een jeep aan. Haar reisdoel ligt juist de andere kant uit, dáár, en hij wijst naar omtrekken van bergen, nevelig door de hitte. Zijn andere hand gaat de startknop te lijf en zijn laatste moorden op de Engelse taal verdwijnen in een voorwereldlijk geratel. Dan verdwijnt de bus zelf in een stofwolk. Achter Patricia een nieuw geronk, nog onheilspellender: het vliegtuig stijgt weer op. Het laatste stuk beschaving deserteert.

Rondom sluiten haveloze loketten en zakken gescheurde zongordijnen: al wat beambte is glijdt terug in zijn siësta. Binnen een ogenblik ligt alles roerloos als op een schrille kleurenfoto, het rommelige veld, de armoedige gebouwtjes met hun golfijzeren daken waarop de zon zich uitleeft. Patricia is overstuur door het haar opgedrongen besluit. Natuurlijk had ze mee moeten rijden

26

naar de stad, naar Cook en de Consul. Ze kan hier niet blijven staan, maar durft ook haar koffers niet in de steek te laten. Ze begint te gebaren met armen vol tassen naar een portier die slaperig toeziet en zich niet verroert. Haar radeloosheid groeit, ze voelt tranen in haar ogen, waarom is Grace er niet, is ze ziek, is ze verhuisd? Misschien is ze dood, in geen maanden heeft iemand iets van haar gehoord. De consul had het geweten. Ze had naar de consul moeten gaan.

Murw van het wachten en wenken sleept ze zich van het kastje naar de muur om een jeep. Het duurt uren. Ten slotte weet een kelner een jeeprijder wakker te maken. De jeeprijder verwisselt een lekke band en begint omstandig een lompe revolver na te zien. De laatste druppel: Patricia zakt op de kapotte veren van de achterbank en huilt. Wanneer het vehikel zich eindelijk in beweging zet, voelt ze zich alleen nog aan de oppervlakte in leven. De bergen zijn gevaarlijk. De chauffeur is gevaarlijk. De kelner had een boeventronie. Iedereen heeft een boeventronie. Grace had er moeten zijn. Grace weet hoe nerveus ze zich maakt. Grace weet dat ze niet gewend is aan reizen. Het is voor Grace dat ze hier naartoe is gekomen. Grace is ondankbaar. Nu wordt het al avond ook. Rovertijd. Waarom zouden rovers haar sparen?

Maar ze komen geen rovers tegen, hoogstens een herdersjongen nu en dan met een groep geiten. Soms, ver van de weg, een paar hutten, een vrouw bij een put; een late ploegende boer achter een dromedaris, silhouetten tegen de rosse lucht. De chauffeur neemt geen verdachte houding aan, ook niet als ze van de straatweg afbuigen en een soort droge beekbedding inrijden. Hij wordt zelfs mededeelzaam op zijn manier, wijst haar op de eerste nederzettingen van de bergbewoners ('rrum people lady'), later op een rots met een puinhoop die hij voor bezienswaardig schijnt te houden. Patricia reageert met de reserve die bij een lady past. Men moet het volk niet encourageren. Van binnen is ze minder bang.

De resten van een haag, een karrespoor als oprijlaan, 'we zijn er' zegt de chauffeur. Het is bijna nacht, ze ziet hutten, er branden vuren waar vrouwen iets op roosteren.

Dan de omtrekken van het lage huis, de jeep stopt voor een deur die solide gesloten blijft. Er brandt geen licht, er staan geen ramen open. Inlandse kinderen drommen zwijgend om de jeep waar de koffers afgeladen worden.

'Mrs. Borne, ik zoek Mrs. Borne,' herhaalt Patricia, en al haar onbehagelijkheid is teruggekeerd. 'Dit is toch Gharna? Waar is Mrs. Borne? Waar is de Engelse dame die hier woont?'

De chauffeur wil afrekenen, hij licht haar portefeuille bij met zijn sigarettenaansteker. Onhandig prutst ze met de vreemde bankbiljetten, en is te ontdaan om het wisselgeld te controleren. Hij moet wachten, zegt ze smekend, maar hij haalt zijn schouders op en start: het is toch al bijna te donker om door de bergen te rijden. Een paar volwassenen hebben zich bij de kinderen gevoegd, maar op haar vragen geeft niemand antwoord. Pas als ze de deur probeert te openen wijst iemand haar dat ze de hoek moet omgaan. Patricia gaat. Ze is niet meer in staat om zich zorgen te maken over de koffers die bij het ongure gezelschap achterblijven. Ze weet dat ze in een val loopt, dat Grace vermoord is en het ook met haar zelf is gedaan – en zelfs daar maakt ze zich geen zorgen meer over.

Een maansikkel is juist boven de boomkruinen gestegen. De achtergevel, tuindeuren, een lang terras. Een veld glooit omlaag, in de diepte ruist water. Het is stil en het geurt. Rovers? Maar ook geen Grace. Ze blijft besluiteloos staan, waagt zich dan het terras over, op haar tenen.

Voor de open tuindeur een bureau, ze onderscheidt een lamp, tast naar lucifers en vindt ze. Het zachte schijnsel stelt gerust, het beschijnt boeken, een scherf met figuurtjes, een half beschreven blocnotevel. Het handschrift van Grace. Patricia begint haar schoonzuster te roepen, gedempt, je kunt nooit weten.

Het blijft stil. Ze neemt de lamp en verkent de kamer. Groot, leeg en smerig, zelfs in het half donker: het knarst onder haar schoenen. Ze ziet een scheefgezakte boekenkast tegen een pleistermuur vol barsten; een ouderwetse rieten leunstoel, een tafeltje met een boek onder één poot en een vuile soepkom erop, mieren krioelen in de etensresten. Geen vloerkleed, geen tafelkleed, geen schilderij aan de wand: de Spartaanse ongezelligheid schokt haar evenzeer als de verwaarlozing. Aarzelend waagt ze zich door een deur en vindt weer een tuinkamer, een onopgemaakt bed, een waskom met een scherf eruit. Over een stoel hangen een paar kleren. De lucht is muf, Patricia hoeft niet bij te lichten om te weten dat lijfgoed en beddegoed in weken niet gewassen zijn. Maar lang verlaten is het huis niet, de pap die ze in de keuken vindt ruikt onsmakelijk, maar niet bedorven. De keuken zelf kleeft van het vuil.

Patricia keert terug naar de woonkamer en gaat in de rieten leunstoel zitten; haar reiscomplet is toch niet schoon meer. Ze is niet bang, wel ontzet; maar het is een ontzetting die gaandeweg gekleurd wordt door voldoening. Die goeie Grace is nooit in staat geweest om behoorlijk voor zichzelf te zorgen, het is goed dat Patricia dat nu voortaan kan doen. Ze hadden gelijk, de vrienden die haar de verre reis hebben aangeraden: hier ligt haar bestemming. Voor het eerst sinds de dood van haar moeder heeft Patricia's leven weer zin.

Buiten is de maan hoger gestegen, de tuin lichter geworden. Van Grace geen spoor, ook niet als Patricia haar roept zo luid als haar op dames-volume geschoolde stem haar toestaat; blijkbaar heeft haar schoonzuster een verre wandeling ondernomen. Wel ontdekt Patricia haar bagage, die onzichtbare handen op het terras hebben gezet. Ze eet haar laatste reisproviand, toch even knipperend met de ogen als ze denkt aan het welkomstdinertje waarmee Grace in haar verbeelding haar zou hebben opgewacht. Nu is zij het die op Grace moet wachten, het duurt lang. Ten slotte vindt ze in een verder gelegen kamer een ongebruikt bed. Er ligt stof van jaren, ze vermoedt kakkerlakken en spreekt haar insektenpoeder aan. Ze legt haar regenjas op de onfrisse tijk en gaat er ten slotte bovenop liggen. Ze is meer dan een etmaal onderweg geweest en slaapt binnen vijf minuten.

In deze nacht loopt de M'Edda van Gharna het land door, zonder ezel, zonder hond, een prooi voor nachtvolk en roofdieren. Boven haar hangen kolossaal de sterren, verschieten, verschuiven, verbleken ten slotte. Onder haar is de bodem ruw, ze kijkt niet waar ze loopt en valt een keer of wat, haar jak is gescheurd, er loopt bloed langs haar benen. Tegen de morgen komen twee arenden van de bergtoppen en kringen schreeuwend boven haar. Ze hoort het niet. Ze hoort niets dan de stem die riep om Grace Borne, een stem die ze met een wurgende aanhankelijkheid associeerde voor ze haar met de persoon van Patricia verbond. De wereld heeft haar gevonden, de wereld heeft haar Gharna afgepakt, het is uit. Struikelend over keien, zich schrammend aan doornstruiken, hijgend tegen een aarden wal, kan de M'Edda zweren dat ze om deze schoonzuster naar Gharna gevlucht is, en nergens anders om. Alle irritaties van Londen, stadslawaai, telefoons, schrijfmachines, altijd spanningen, altijd haast – zonder Patricia waren ze te verdragen geweest, zonder Patricia had ze ze van zich af kunnen schudden. In Patricia balden ze zich samen, Patricia werd tot alles wat haar vermoeide, tegenstond, tot wanhoop dreef. Patricia wérd Londen, werd de poliep die wurgde en opvrat, nooit meer Patricia, nooit meer, nooit meer!

Als een gek geworden projector werpt haar paniek flitsen van een voorbij bestaan tegen het scherm van de wereld-nu, de kleurloze wereld tussen nacht en dag. Patricia's mond, pratend, pratend, pratend. Het eeuwige jasschort, de eeuwige doek om het haar, punten boven het voorhoofd als potsierlijke konijneoren. De

31

vastgeroeste blijmoedigheid boven stofzuiger en strijk-
goed, kruiken en beddepannen: Patricia, slavin-uit-roe-
ping van haar moeders ingebeelde ziektes (dat wijf
moet eindelijk dood zijn, anders was haar dochter niet
hierheen gekomen). Patricia's bruidskus – voor één
keer geen hoofddoek, een hoed met absurde bloemen
– 'Lieveling, ik ben zo blij...' Ze meende het, dat was
het verschrikkelijkste aan haar. Patricia pruilend: 'Wat
kruip je toch altijd weg, kom nu gezellig in de kring...'
Patricia snikkend: 'Mijn broer was te goed voor deze
wereld...' Patricia verbijsterd: 'Jij het huis uit? Ric-
ky's weduwe hoort bij mams en mij...' Series van Patricia op haar stoep, steevast met verkeerde liefdegaven,
steevast op het verkeerde moment. Grace ziet zich vaag
in bad zitten als de bel gaat, ziet zich huilen en kotsen
na teveel whisky, ziet zich op het hoogtepunt van een
ruzie met Martin; en lag ze niet één keer juist met Martin in bed? Patricia in tranen onder de volle laag van
Martins sarcasme, Patricia in tranen als haar moeder
weer eens op sterven lag, Patricia in tranen bij het afscheid op het vliegveld, ze huilde graag, tranen stonden
haar goed. Nooit meer Patricia, nooit meer, nooit meer!

Soms duikt, achter Patricia, de broer op waar Grace
mee getrouwd is geweest, de gezichten van broer en
zuster zijn versmolten, denk Patricia's hoofddoek weg
en je hebt Richard, met opofferende glimlach en hard-
nekkige goedheid compleet; of zo lijkt het nu: ze heeft
geen foto's bewaard en hij is veertig jaar dood. Dood?
Alsof hij niet voortleeft in Patricia, alsof hij in Patricia
zijn oude rechten niet komt opeisen. Die rechten bestaan, Grace heeft het altijd geweten. Ze heeft er Patri-

cia in Londen om geduld, ze heeft ze op Gharna willen ontvluchten. Maar rechten als deze verjaren niet. Ze veroordelen niet bij verstek: ze zetten de vluchteling na; daarom heeft deze nacht van meet af aan op de horizon klaargelegen. Zo huilerig en hulpeloos als het mens Patricia zich voor mag doen, haar komst heeft alle fataliteit van de komst der Erinyen in een antieke tragedie.

Rechten. Niet zozeer omdat Grace in de jaren twintig voor wet en kerk met Richard Borne getrouwd is, als wel, omdat ze in die fase van haar leven wezenlijk en met haar hele hart gekozen heeft voor de idealen van de Richards en de Patricia's. Het was een verkeerde keus, ze zou haar niet gemaakt hebben als die idealen, in hun ongecompliceerde noblesse, haar niet voorgekomen waren als het tegendeel van haar moeders banale bestaan, een bestaan dat haar eigen onafwendbare toekomst begon te lijken. Maar dat excuus heeft ze nooit laten gelden. Het is met die idealen dat ze trouwde, meer dan met Richard zelf. Aan zo'n huwelijk kan men ontrouw worden, maar ontbindbaar is het niet. Ze heeft welbewust voor noblesse gekozen, al was ze zelf niet nobel. Voor naastenliefde, al was ze zelf egoïst; binnen het jaar hingen de Leger-des-Heils-clichés van haar wederhelft haar de keel uit. Waar ligt de grens tussen goed-doen en bemoeizucht? Waarom kiest de Goedheid haar dienaren met feilloze voorkeur uit de vervelendste en onbenulligste schepsels? Het is een kwestie van aanleg, heeft de jonge Mrs. Borne uitdagend betoogd. Wie aanleg heeft voor zwemmen moet het water in. Wie aanleg heeft voor goed-doen moet de sloppen in. Gelegenheidsmoraal die haar ontstelde echtgenoot liefst met een exorcisme te lijf was gegaan. Inplaats daarvan ging hij dood. Zijn weduwe had een heel leven nodig om, langs tal van omwegen, haar eigen aanleg te herkennen: stilte, studie. Het lag voor de hand, het was de aanleg van haar vader, maar hoe had ze het moeten weten? Ze was een kind toen haar moeder de dreiging van de Eerste Wereldoorlog aangreep om terug naar Engeland te gaan. Een kind dat meemoest en haar vader niet terug zou zien.

Nooit meer Patricia, nooit meer; maar Patricia is een levensfase, ze heeft Patricia in haar bloed, daar helpt geen 'nooit meer' tegen. De M'Edda grijpt met twee handen in de steenbrokken en staart met brandende ogen naar de dageraad. Ze wil haar schoonzuster niet zien, ze wil haar niet horen, ze kan haar geen uur meer om zich heen verdragen – maar ze kent haar goed genoeg om te weten dat ze zich niet laat afschudden.

Als Mirre de wachter uit zijn huisje komt, zit zijn zuster de prinses op een gebroken zuil, vuil en verwilderd, en gekromd alsof ze een maagkramp heeft. Hij vraagt niets, uiteraard. Hij melkt zijn geit en zet koffie. Hij rommelt in een soort schuur tot hij een soort bed heeft gespreid. De stilte van Eddur deelt zich aarzelend mee aan de M'Edda, die ten slotte zelfs glimlacht. De oplossing ligt voor de hand. Ze blijft eenvoudig hierboven, en op den duur gaat Patricia vanzelf weer weg. Zo hebben de vorige bezoekers het ook gedaan.

Twee dagen uitstel, dan komt de man van Ilosja de burchtrots op. De vreemde vrouw loopt als een gek door het huis en schreeuwt: politie! Ze moet kalmeren of verdwijnen, anders gebeuren er ongelukken. Het is niet moeilijk om uit te glijden en in de rivier te vallen, zegt de man van Ilosja vredig; het is duidelijk voor wie de stam partij heeft gekozen. De M'Edda loopt radeloos heen en weer, ze mompelt, ze overlegt met Mirre, met de man van Ilosja. Ten slotte geeft ze de boodschapper een brief mee: 'Kan je niet ontvangen. Brenger dezes zorgt voor vervoer naar het vliegveld.'

'Goede reis' zegt ze er, na aarzeling en onwillig, nog bij, en legt de man van Ilosja uit wat hij doen moet. Pas als hij weg is beseft ze dat ze in de taal van de stam met hem gesproken heeft, die ze voorgaf niet te kennen. Mirre noch de man van Ilosja toonden zich verwonderd. Verwonderd zal de M'Edda later zelf zijn: over haar naïveteit. Ze blijft drie dagen in Eddur, want een omslachtig mens als haar schoonzuster heeft haar biezen niet zo dadelijk gepakt. Opluchting kenmerkt haar aftocht, want Mirre, haar prinselijke broeder uit Eddur, wint niet bij dagelijks contact; de oude man is trouwens ook zelf tezeer aan alleenzijn verknocht en wordt nerveus.

Natuurlijk is het Patricia die haar met open armen tegemoet treedt, natuurlijk snikt ze: 'Begreep je dan niet dat ík het was?' terwijl ze haar schoonzuster om de terugdeinzende hals valt. En: 'we zijn op de wereld om elkander te helpen,' zegt ze, terwijl ze trots op gewassen en verstelde gordijnen wijst, op glimmende vloeren, het opgeruimde bureau. Boven op de stapel dichtgeklapte boeken en schriften ligt, van rode uitroeptekens voorzien, de brief waarin ze twee maanden terug haar komst heeft aangekondigd en die ze ongeopend terugvond in een hoek. Naast de stapel, in een kan, een grote bos vuurlelies.

De M'Edda van Gharna staat het aan te zien door een floers van woede: de botte eigengereidheid die boeken sloot en tempelkelken van hun wortels rukte, die ongevraagd twee lompe handen sloeg in andermans huis, andermans leven, andermans wereld. Weg met Patricia, weg, onmiddellijk, ze verdraagt haar niet; er is geen sprake meer van rechten of geen rechten, het gaat om het naakte bestaan.

Ze vestigt langzaam haar blik op Patricia, ziet de triomfantelijke verwachting op het sponzig gezicht, ziet hoe er langzaam iets van vrees in opkruipt... en daar zit de zware demon van het medelijden weer op haar rug en drukt zijn handen op haar mond. Erbarmelijke Patricia, nooit werd ze volwassen, nooit heeft ze geleefd, ze heeft geen verstand, ze heeft geen tact, ze heeft niets dan goede bedoelingen waar niemand prijs op stelt. Het was werkelijk om dit wezen dat ik ben weggegaan: om aan mijn medelijden te ontkomen. Ze weet het. Ze speelt het uit. Ze heeft de leepheid van de botteriken, het medelijden dat ze wekt is haar wapen, en ik ben er weerloos tegen. Ze moet weg, maar ik kan het haar niet zeggen. Nog niet. Vanavond misschien. Morgen. Zodra ze het verwerken kan.

'Je hebt je geweerd,' zegt de M'Edda van Gharna. 'Maar wil je hier geen bloemen meer plukken. En afblijven van wat er op mijn bureau ligt.'

De zege der zelfbeheersing is inwendig: wist de tegenstander, wat men verzwijgt, hij zou zich minder stoten aan wat uitgesproken wordt. Patricia ziet haar schoonzuster de tuin ingaan als een vage zwarte vlek, want haar ogen staan vol tranen. Ondank is 's werelds loon. Niet aan ons Heer, niet aan ons geef de roem. Patricia kent slagzinnen als geneesmiddelen voor ieder moeilijk moment. Toch heeft ze zichzelf nog maar net in bedwang tegen dat Grace terugkomt en zwijgend langs haar heengaat, sprakeloos door al het gehark en geschoffel en gesnoei, en het slagveld van de vuurlelies. Patricia herinnert zich manmoedig dat onze lieve Heer rare kostgangers heeft, dat Gracie altijd wat wonderlijk geweest is, dat een mens niet aan zichzelf behoort te denken; en dat haar moeder allang geweten zou hebben wat het lieve kind op dit ogenblik het allermeeste nodig heeft: een lekkere sterke kop thee. Ze weert zich in de geboende keuken. Als haar schoonzuster niet antwoordt op haar belangstellende vragen, begint ze zelf opgewekt de laatste berichten uit Londen te vertellen.

Dit is niet nieuw. Deze sfeer heeft vaker op Gharna gehangen, een vernietigende sfeer van frustratie en verveling. Geleuter in een wereld waar geleuter niet thuishoort, zoals er geen kastrandjes thuishoren, en geen theekopjes met vergulde oren. Salongeleuter, en daartegenover de machteloze irritatie van wie andere dingen aan het hoofd heeft waarvan hij plotseling, door deze muur van onbetekenende woorden, wordt gescheiden. De M'Edda zit verwonderd naar de associatie te zoeken. In al deze jaren is ze nooit door gasten lastig gevallen. De herinnering moet veel ouder zijn. Ze moet teruggaan op haar laatste kindermaanden hier, toen de onvrede van haar moeder een climax bereikt had die zich uitte in onophoudelijk gepraat. De irritatie ontsprong aan haar vader, niet aan haarzelf. De kleine Grace heeft de gevoelens enkel geregistreerd, te jong om partij te kiezen. Ze weet niets meer van haar moeder-toen, ze kan zich enkel de vrouw-van-later voor de geest halen... en haar aanstonds weer wegduwen, beschaamd door het onwaardig resultaat van face-lifting, haarverf, schmink. De vrouw die de tijd wou bedriegen en zelf bedrogen werd, eruit wou zien als haar dochter en eruit zag als een mummie. Zo kan ze niet altijd geweest zijn; wat Grace zich herinnert zijn de laatste jaren, toen ze tot elke prijs een man bij zich wilde houden die vijftien jaar te jong voor haar was. Maar wie was het wezen dat zich uitgehongerd in het society-leven stortte, eindelijk bevrijd van een tweederangs koloniaal bestaan en een boekenwurm van een echtgenoot...? Het moet een knappe vrouw geweest zijn, de vroege Londense herinneringen van het kind Grace zijn vol lichten en bontstola's en mannen in smoking. Een knappe vrouw, maar geen grote klasse, of de kringen waarin ze terecht kwam hadden zich meer van de oorlog aangetrokken. Grace schudt opnieuw de gedachten weg, denken aan haar moeder is altijd nog onaangenaam. Terug van kostschool, botsingen met de parvenu die haar stiefvader was geworden, teveel zijn in het huis waar ze niet aardde, geen mogelijkheid zien om te gaan studeren. Weg willen, werk zoeken... en dan opeens Richard. De stille zuiverheid van een brandende kerstboom midden op een druk, vuil, vulgair stadsplein. Was het werkelijk bij een kerstboom dat ze hem ontmoette, of was hij de kerstboom zelf, groen en ongerept rond de lichtjes van zijn ogen, die reine, onnozele licht- jes. Veel later heeft ze eens een Zwitserse kerstbal ge- zien die, als ze een koord uittrok, negentien keer zon- der pauze 'Stille nacht heilige nacht' liet horen. Dat was Richard, stille nacht heilige nacht uit den treure en anders niet. Zijn theologiestudie had hij afgebroken om Praktisch Christendom te bedrijven; anders gezegd, hij was gestrand want hij had geen hersens. Hij werkte in East End, en hij werkte er voortreffelijk. Grace ging mee naar East End en werkte er eveneens voortreffelijk.

Hoe lang, tot het nieuwtje eraf was? Een jaar? Hoe lang, tot ze Richards beweringen niet meer aan kon horen? Hij was niet enkel simplistisch, hij was ook te weinig ontwikkeld, en toonde zowel de lacunes als de eigenwijsheid en ijdelheid van de autodidact; en dan nog een autodidact met een roeping... Maar intussen was ze met hem getrouwd. Haar moeder, die haar tenminste vrij liet, had ze geruild voor een schoonmoe- der die haar tiranniseerde; en de toegift heette Patricia. Het was een zegen dat hij ziek werd, de apostel. Was het werkelijk een besmetting, die hij opliep onder het goed-doen? Zonder de concurrentie van het opdringen- de socialisme was hij niet ziek geworden, heeft zijn vrouw gedacht. Hij miste de kennis en de overredings- kracht van zijn tegenstanders, hij zag willige oren tot dovemansoren worden, zijn kudde slonk, hij slonk mee. Ze hadden journalisten ontmoet bij hun kruistochten en kruisverhoren, de journalisten hielpen Grace aan een baantje, er was geld nodig. Van dat ogenblik af heeft ze geen gedachte meer gewijd aan Richards 'Goe-

39

de Zaak': armenzorg, tot partijleus verheven, is stellig effectiever dan dilettantische weldadigheid. Het was een geloofsafval die Richard haar nooit heeft vergeven; 'je hebt zijn dood verhaast,' zei haar schoonmoeder giftig bij de begrafenis. Patricia had het natuurlijk opgenomen voor Grace: ten slotte hadden ze met hun vieren vrijwel alleen van haar krantenloontje geleefd. Patricia wou niet zien wat haar moeder zag: dat Grace opbloeide in haar nieuwe werkkring. Haar pen was vlot, ze voelde aan wat haar lezers wilden, haar redacteuren wilden; wat er te leren viel, leerde ze zonder moeite. De rake reacties en spitse woordspelingen van haar collega's lagen haar veel beter dan de opbouwende clichés van haar echtvriend. Ze bleef hem min of meer trouw zolang hij leefde, maar ook wat dat betreft stierf hij juist bijtijds...

Een lied als de winter valt. Als de grote moeder het uit-
schreeuwt
en met de [handen] op de borsten slaat.
De grote koning heb ik aangeroepen en hij sloeg er
geen acht op,
de grote koning, hij sloeg mijn woord in de wind!
Welaan dan, beul die mijn zoon naar het duister ge-
jaagd hebt,
wij zullen zien hoe lang uw oren doof blijven,
wij zullen zien hoe lang ge nog lacht om mijn
[dreigementen].
Die het koren laat rijpen – ik ben het.
Die de beken laat stromen – ik ben het.
Mijn woord gaat uit – en de wereld verdort.

Mijn woord gaat uit – en de goden zijn dood.
Waar geen stemmen meer bidden, geen handen meer
  offeren,
wat zijt ge daar anders dan een verlaten steenklomp?
Zie toe...

'Stoor ik?'
  'Ja,' zegt Grace, haar ogen op de herfsthymne.
  'Ik had je alleen willen vragen of deze rommel weg
kan.'
  'Er kan niets weg en ik ben bezig.'
  'O, goed dan, ik zeg al niets meer.' Patricia zet de
doos neer: plof. Ze schuift een stoel bij het raam: krrrr
krrrr. Een tafeltje: girrrr. Ze opent een kast: krie-hie-
hie. Ze neemt haar breiwerk: tikl tikl. Ze stoot tegen de
doos: boem, de doos kantelt, de inhoud rolt door de
kamer: blakkerdeblakkerdeblakker rinkeldekinkel, o
hemeltje o hemeltje. Kruipen door de kamer, meubels
verschuiven, rommel in de doos, verwijtend zuchten
(in plaats dat Gracie eventjes helpt...). Stoel schuiven,
zitten, breien, tikl tikl tikl. O hemeltje o hemeltje... zeker een steek gevallen.
  De M'Edda heeft haar vingers in de oren gestopt en
tuurt op de dreigementen van de Grote Moeder van
Eddur. *Zie toe, het onkruid schiet op in uw tempel, de
jakhalzen bevuilen uw altaar...?* Jakhalzen? Zijn er hier
ooit jakhalzen geweest? Maar door haar vingers heen
en door de hymne heen neemt ze iedere beweging van
Patricia waar. Die heeft alweer genoeg van breien, ze
bladert door de tijdschriften die ze heeft meegebracht;
ritselderitsel, verbaasd geluid: f f f f t!

'Gracie...'

Niet gillen, denkt de M'Edda krampachtig. *Jakhalzen bevuilen uw altaar* (en hoe!). *Door de spleten in de muur...* Ze heeft haar woordenboek nodig, het nieuwe, een van de weinige werken waarmee ze haar vaders bibliotheek heeft uitgebreid. Patricia loert op het moment dat ze een vinger uit een oor neemt.

'Zeg Grace, herinner jij je Dick Wilson nog, die een tijd boven ons heeft gewoond?'

'Gelukkig niet.'

'Jawel, kom, denk eens na, zo'n lange rossige met sproeten, hij was ijselijk geleerd.'

Adders. Adders huizen in de spleten van de tempelmuur. Doen adders dat?

'Ik zie hier een artikel van hem dat je zal interesseren. "De vrouw in de wetenschap".'

Grace, die meer onbelangrijke lezingen van Dick Wilson heeft verslagen dan ze zich wenst te herinneren, neemt haar blocnote op en loopt de tuin in.

'Als ik je niet eens op een interessant artikel mag wijzen...,' pruilt Patricia haar achterna.

Dick Wilson, verdomme ik was hem juist vergeten, hem en zijn kornuiten, hem en dat hele Londense gekkenhuis, wat moet ik ermee, het heeft afgedaan. Al die verspilde jaren, laten ze me nooit met rust? Is een verleden nooit af te schudden? Kan het enkel inslapen, tijdelijk, en wee als een kwade geest het wakker maakt? De M'Edda loopt door haar tuin, jachtig, de Dick Wilsons zitten haar als horzels na; bovendien is haar tuin haar tuin niet meer, sinds ze achter iedere struik Patricia kan tegenkomen. Ten slotte klimt ze in de kastanje, en kijkt zonder veel vertrouwen naar de Eddur-tekst. Adders, onkruid, jakhalzen, vierduizend jaar oud: de tempel zakt voor haar ogen in elkaar. De vijand van Eddur is niet enkel over de bergen gekomen: de vijand komt uit Londen. Weer ratelt een wekker de nacht aan flarden die veel te kort heeft geduurd, weer hangen de etensgeuren van de vorige dag in het mager verlichte keukentje waar ze staande ontbijt, de eieren zijn snotterig, ze hebben te kort in de pan gelegen, weg ermee, lipstick, jas, de deur uit. Mist, kou, de lichten wazig. De tochtige schacht van de ondergrondse, een van de honderden zwijgers met houten hoofden die onophoudelijk trap op of trap af gevoerd worden... De M'Edda van Gharna, die maanden lang zwijgt, die altijd op is voor de dageraad en nauwelijks weet waarmee ze ontbijt in haar smerige keuken – de M'Edda in haar boom rilt van afkeer, van medelijden, met het bestaan van de Londense Grace. Het zijn de doelloze levens, denkt ze, die van comfort een bestaansvoorwaarde maken, en ze ziet zich weer voor een taxi bezwijken als het vooruitzicht van aan-een-lus-hangen in underground of bus haar te machtig werd. Véél taxi's, de laatste jaren...

Fleetstreet, grauwe tunnel met neon krantennamen als plafondverlichting, gemelijke ochtendgezichten in de lift, in de gangen, in de rommelige kamers; een gemelijk bureau met een gemelijke hoes over een schrijfmachine – en mappen vol materiaal, wetenswaardigheden die voor haar zelf het weten al jaren lang niet meer waard waren; smadelijk eind van een carrière die ze jong, tintelend, geestdriftig begonnen was, zo uit de muffe stal van haar huwelijk. Redactievergaderingen, interviews, polemieken, de opzet van speciale nummers, speciale acties: evenzovele dromen van wie niet verder is dan tien-regel-reportages die bij plaatsing uit zes regels bestaan... Maar zo kan het niet geweest zijn, niet al die jaren, ik heb plezier gehad in mijn werk, anders had ik het ook niet goed gedaan. Want ik deed het goed, niet uitzonderlijk, niet zoals Martin, maar goed genoeg. Ik kan alleen dat plezier niet terugvinden, niet vanuit Gharna. Waarschijnlijk heb ik te lang meegelopen, te lang goden gediend als Actualiteit en Populariteit, om niet te merken hoe voos ze waren. Ik heb te lang en te veel met mensen te maken gehad, en ik houd niet van mensen. En bovendien, denkt de M'Edda eerlijk, heb ik elke plezierige herinnering begraven toen ik hier kwam wonen. Alleen de schaduw die over de laatste Londense jaren viel mocht ik bewaren, anders had ik het hier in het begin niet uitgehouden.

Haar schoonzuster loopt door de tuin met een kop thee; een kop thee op een etensbord, want dienbladen zijn er niet en men behoort geen kop te vervoeren met blote handen. Ze loopt langs de kastanje te roepen, ze zou haar slachtoffer onmiddellijk zien wanneer ze omhoog keek; maar wie zoekt een oud mens in een boom? Een ogenblik voelt Grace de aanvechting om de zin van Paulus omlaag te roepen, waarmee Richard haar placht te irriteren als er geldzorgen waren: 'Zoekt de dingen die hierboven zijn!' Ze zwijgt, want ze zou alleen roepen om de woordspeling, niet uit vriendelijkheid of om thee; de gevolgen zouden dat eenmansgenoegen te duur betalen. Ze wacht tot Patricia met thee en al het huis weer in is, sluipt dan naar de ezel en rijdt naar Eddur; misschien weet Mirre welke slangen er hier in muurspleten wonen. Ik ben een beroepsuitbreker, denkt ze: van mijn moeder naar Richard, van Richard naar de krant, van de krant naar Gharna, van Gharna naar Eddur... en van Eddur, straks, als ik Patricia niet weg krijg...? Eddur is de laatste uitwijkhaven, achter Eddur is geen asyl behalve de dood. Dat zouden jullie wel willen!, denkt de M'Edda met een grijns: iedere ezelstap die haar verder van haar schoonzuster verwijdert, verbetert haar humeur. Doodgaan eer mijn boek geschreven is, geen sprake van. Die vrouw moet weg, dat is alles. Zodra ik haar zie zal ik het haar zeggen. Tenminste...

Tenminste. Patricia heeft er nog eens ernstig over nagedacht, en nu moet ze Grace toch duidelijk maken hoe door en door ongezond deze manier van leven is.

Grace, haar hersens bij Eddur, ontkomt niet aan het goedkope antwoord: inderdaad, ze is al die jaren niet ziek geweest, dat kan nooit gezond zijn. Sinds haar schoonzuster maaltijden van vijf gangen te voorschijn tovert heeft ze maagklachten, maar die mededeling slikt ze in. Ze heeft die middag het slot van een scheppingsmythe gevonden waar ze jaren naar gezocht heeft, en daarna van de burchtrots een zonsondergang gezien zoals ze maar zelden heeft meegemaakt: heel het rauwe bergmassief onder een stolp van licht, in schelptinten van violet tot geel. Patricia zal minstens een half uur werk hebben eer de dankbare stemming van haar gastvrouw in irritatie verstikt is. Ze gaat zonder verwijl aan de slag. Ze mag dan niet zo ontwikkeld zijn als Grace, haar ogen heeft ze niet in haar zak. Het is haar duidelijk dat Grace lijdt aan een gestoorde gemeenschapszin.

'Kom Pat, wees wijzer,' zegt de M'Edda gemoedelijk. 'Gemeenschap bestaat helemaal niet, het is een fictie. Wat bestaat is een kudde. Daar ben ik uitgegaan. Ik was klaar met de kudde.'

Als Patricia dan wezenlijk aanvoert dat het woord kudde niet te pas komt wanneer het om mensen met onsterfelijke zielen gaat, en dat het desertie is om weg te gaan van iets waar Richard zijn leven voor heeft gegeven, kijkt Grace haar een tijdje onderzoekend aan. Misschien wordt ze al een beetje seniel, denkt ze – hoopvol, want seniele mensen hoeft men toch op Gharna niet te dulden. Laat ik het nog eens met medelijden proberen. De menselijke geest is zoiets als een duiventil. Je hebt vogels die er levenslang in nestelen, en andere die er tijdelijk wonen. Oude tillen staan al half leeg; dan moet je de duiven die uitvlogen en misschien ergens anders leven, optellen bij de honkvaste, wil je een zuiver beeld van de hele bevolking bewaren. Vroeger kan ze toch niet zó gezanikt hebben: anders had ik haar veertig jaar geleden al vermoord. De gedachte stemt haar mild, maar terwijl Patricia betoogt en betoogt over de gestoorde gemeenschapszin en Richards heldendood, haalt Grace zich de Patricia-toen voor de geest en voelt haar medelijden afebben. Het is misplaatst. De vrouw is niet veranderd: ze is seniel geboren.

Ze sluit zich af en laat Patricia in haar eentje de goede kwaliteiten van de onvergetelijke Richard opsommen. Ze weet weer dat de vrouw ook vroeger al niet in staat was tot gesprekken boven het persoonlijke vlak en noteert dat ze de naam Richard maar hoeft te laten vallen om een monoloog te ontketenen die geen reactie vraagt.

Daarna vergeet ze alles, want het slot van haar scheppingsmythe neemt een onverwachte wending. Er is sprake van storm en water, van een schip dat vastloopt op een hoge berg. 'Eén dag en twee dagen, niet te verroeren; drie dagen vier dagen, niet te verroeren; vijf dagen zes dagen, niet te verroeren. Toen nu een week voorbij was liet ik een... los.' Een raaf? Een duif? Kan dit het zondvloedverhaal zijn? De M'Edda is opgesprongen, loopt met haar lamp naar de kast, bladert in publikaties. Het is zoals zij dacht: het verhaal is alleen bekend in een veel jongere versie. Is ook deze mythe dan in Eddur ontstaan? In Eddur het eerst op schrift gesteld? Het kan haast niet anders, en het ligt voor de hand. Wie zou in het vlakke zuiden een ark op een berg laten vastlopen? Ze wisten er amper wat bergen waren. Rond Eddur liggen ze voor het grijpen. De M'Edda is zo opgewonden dat ze de kleitafel bijna op de grond laat vallen. Patricia bestaat niet meer, ze is door de zondvloed verzwolgen, zoals het behoort. Tenminste...

Tenminste. Patricia luistert met gepaste eerbied naar wat haar schoonzuster weerstrevend onthult – weerstrevend: niet in staat, deze vondst te verzwijgen, en boos op zichzelf over zoveel zwakheid. Ze vindt het kranig van Grace, want wijs worden uit die potscherven is natuurlijk ontzettend moeilijk. Maar van haar stuk laat ze zich niet brengen. Niet de ouderdom van het zondvloedverhaal is belangrijk, maar de strekking, en die strekking ziet Grace over het hoofd. Ze wil niet graag hard zijn, maar toch dient de waarheid een keer gezegd te worden: de eerste beste preek over Noah doet meer goed dan dit eenzelvig gepriegel met ingewikkelde lettertekens. Dat is geen wetenschap die de wereld vooruit helpt, zoals van uitvinders of dokters. Het is wetenschap terwille van de wetenschap, goed voor kamergeleerden die niet beter weten. Richards weduwe heeft daar het recht niet toe, die heeft Praktisch Christendom leren bedrijven en oog in oog met de lijdende mensheid gestaan. Wat ze op Gharna doet is vluchten en tijd verknoeien.

'Houd nu eindelijk je mond eens,' vraagt Grace bot. Ze heeft op dit moment maar één wens: de verschillende versies van het zondvloedverhaal met elkaar te vergelijken; geduld met Patricia schiet er niet langer op over. Ze weet van te voren waarmee de goede ziel zal aankomen, als ze over Richard is uitgepraat. De heldhaftigheid van haar zieke moeder (die haar eigen heldhaftigheid impliceert); of de wijze woorden van haar dominee, ene Ogilvie; of alweer de storing in Graces gemeenschapszin, die haar doet leven als een non. Aha, dit keer is het de non, en dus: 'Een nichtje van mijn buurvrouw, hoe heette ze ook weer, niet de buurvrouw natuurlijk, dat was Bessy Portland, je weet wel, maar het nichtje, was het niet Sheila?, jazeker, Sheila Macroy heette ze, die was ook in een klooster gegaan, niet rooms natuurlijk, maar anglicaanse nonnen zijn ook erg genoeg, waar was het ook weer, nee, die naam is me werkelijk ontschoten, nu, maar die Sheila dan, binnen het jaar was ze weer terug, en de verhálen die ze deed, je houdt het niet voor mogelijk, hoewel, eigenlijk komt het precies neer op wat jij hier doet, alleen leven ze daar tenminste nog met elkaar, dus jij bent nog erger, maar wat ik zeggen wil, het egoïsme van zulke vrouwen die alleen met hun eigen zieleheil bezig zijn terwijl de wereld hun hulp nodig heeft...' Een non, denkt Grace vluchtig, terwijl ze in haar woordenboek bladert en zich langzaam boos voelt worden. Een non heeft een god. Ze leeft vanuit een geloof. Achter het tralievenster van haar sterfelijkheid staat haar Bruidegom te wachten. Wat wacht er op mij? Bezinning, heb ik een tijd lang gedacht. Inzicht. De kern van een leven waar de schillen van afgepeld waren. Sinds dat mens er is wacht er niets meer op me. Er is niets belangrijk meer. Zelfs die kleitafel niet. Zo holt ze me uit met haar simplistisch geklets. Dit gaat niet langer.

'Een non krijgt jou tenminste niet op bezoek,' zegt ze grof, en klaar om Patricia een paar waarheden te zeggen. Maar Patricia is haar vóór. Ze legt de beide handen op de paperassen, zodat Grace wel luisteren móét, en stort al haar halfverteerde psychologenwijsheid over haar schoonzuster uit. Deze vijandige afgeslotenheid is zo abnormaal dat ze om behandeling vraagt. De mens is geschapen als gemeenschapswezen, als een cel in het grote organisme dat al zijn cellen nodig heeft om goed te functioneren. Maar de cel die niet meewerkt, sterft af. Dat is wat de asocialen te wachten staat, de kluizenaars, de ivoren-toren-geleerden, kortom, de egoïsten: afsterven... Patricia berijdt stokpaard na stokpaard zonder te bemerken hoe vaak ze zandruiter wordt, zonder te bemerken ook wat haar betoog in de andere vrouw oproept. Die heeft eerst verbazing gevoeld: dat Patricia over zoveel fanatisme kon beschikken heeft ze niet geweten. Als ze niet al geërgerd geweest was, en vol ongeduld om aan het werk te kunnen gaan, had de uitbarsting haar misschien geamuseerd. Nu wordt de leerstellige overtuiging, waarmee Patricia haar de les leest, haar eigen rechtvaardiging: wie zoveel vaste grond onder de voeten heeft kan men als gelijkwaardige tegenstander te lijf gaan zonder tobben over verzachtende omstandigheden. Ze heeft zich weken krampachtig beheerst, de grens is bereikt, ze zal zich laten gaan. En het valt niet te ontkennen: ze verheugt er zich op.

Patricia is bij de beloningen aangeland die de naastenliefde te wachten staan. Ze kan het weten. Ook zij is eenzaam geweest in de laatste jaren van haar moeders ziekte. Maar juist toen hebben trouwe vrienden haar doen beseffen hoezeer de omgang met de medemens verrijkt...

'Eruit,' zegt Grace, grijpt de hinderlijke handen van haar boeken en duwt Patricia naar achteren. 'Terug naar je trouwe vrinden. Jou mag de omgang met mensen verrijken. Mij verarmen ze. Ze maken me vies. Ik voel me besmet door hun geklets. Rijk maakt de omgang met wat zijn bek houdt. Nee, geen gepreek meer. Ik haat de mensen niet. Ik gun ze alle goeds, maar ik wil ze nooit meer horen of zien, ze hebben me verveeld, verveeld, verveeld...' Ze heeft Patricia losgelaten en loopt heen en weer. 'Verveeld! Ze moesten zich schamen. Kunnen praten, wat een geschenk, heb je daar nooit over nagedacht? Een taal hebben, die gedachten formuleert, de diepste wijsheid kun je er mee onder woorden brengen, en wat doen de mensen? Kakelen als kippen, de stilte verpesten, ze misbruiken hun taal voor de onbenulligste mededelingen. Maar ík wil ze niet meer horen. Nooit meer. Ook jou niet. Je moet weg.'

Goddank, het is eruit, het obstakel is verwijderd, de weg ligt vrij. Snel! De M'Edda gunt zich geen adempauze. Spijkers met koppen, nu of nooit! In schrille kleuren beschrijft ze de winters, die Gharna drie maanden van de wereld afsluiten. Regen, sneeuw, wolven, lynxen, rovers, slecht voedsel en lekkages, ze grijpt naar alles wat haar voor de mond komt om Patricia duidelijk te maken dat ze terug moet naar Londen.

Tranen. Ontreddering. Bevende stem. 'Ik kan niet meer naar Londen. Ik heb er niemand. Waar moet ik van leven? Jij bent alles wat ik bezit Gracie.'

Grace hoonlacht, het hoofd in de nek: ze is het bezit van niemand! Maar intussen keren op dat moment de kansen weer. Patricia kan werkelijk nergens heen. Grace zwijgt nog niet, of haar schoonzuster verzekert al dat ze haar niet in de steek laat, als de winter zo afschuwelijk is. Ze zal Gracie eens fijn verwennen, Gracie zal zien hoe knus ze het met hun tweetjes hebben.

Dan raakt de M'Edda pas goed van slag. Ze schreeuwt dingen die ze zich later niet meer kan herinneren, scheldwoorden, beledigingen. Ten slotte loopt ze naar buiten, overvallen door wat haar in tien jaar niet bedreigd heeft: een huilbui. Patricia blijft achter bij de lamp, sereen, in beider gevoel als overwinnares.

Daarmee is de uittocht van de M'Edda begonnen: ze laat de zitkamer aan Patricia en installeert zich in het slaapvertrek. Maar de deur heeft geen grendel, hij kan zelfs al jaren niet goed meer dicht. Hoe kan een mens zich concentreren boven het voortdurend besef dat er iemand binnen zou kunnen komen? Ook buiten de deur herinnert Patricia onophoudelijk aan haar aanwezigheid. Ze reddert, ze bonkt tegen meubels, ze zingt. Overjarige schlagers, altijd dezelfde, altijd vals, Grace wordt er nerveus van en vindt de wereld van de kleitafels steeds moeilijker terug. De energie waarmee ze zich de eerste weken tegen de indringster verzette, raakt uitgeput. Ze begint slecht te slapen, haar liefde voor de oude teksten dooft uit. Ze vlucht naar Eddur, maar wat is Eddur, de stad klapt dicht als een schatkist met een geheime veer. Een handvol troosteloos puin met onkruid ertussen: zo heeft Patricia Eddur gezien, toen ze haar één keer vergezelde. Mirre zei: 'Allicht. Haar ziel is te jong.' Tegen Patricia zelf heeft hij geen woord willen spreken.

Haar ziel is zo jong niet, denkt Grace, of ze heeft de mijne vernietigd. Dit is wat ze voorzien heeft, de eerste nacht de beste dat Patricia's onverwachte stem haar de bergen injoeg. Ze kon het voorzien omdat het haar vaker is overkomen. Ook in Londen heeft de omgang met mensen haar ten slotte zo benauwd dat ze zichzelf verloor.

Mensen achter glas die zich als poppen voortbewogen, het was geen droom, het was een dwangvoorstelling. Wezens die niets met elkaar gemeen hadden dan de dood waar ze op af leefden, toekomstige lijken, door een mechanisme in beweging gehouden tot de veer was afgelopen en ze achterover hun kist intuimelden, nu hier, dan daar, om met spoed te worden afgevoerd door andere toekomstige lijken. Hoorde ze er ook zelf al bij? Was het de glazen wand al waar ze op bonkte tot haar vuisten er pijn van deden?

Dat was toen de vriendschap met Martin was doodgelopen en haar vrienden vonden dat ze te eenzaam werd. Ze was overtuigd van hun ongelijk en toch bereid, hen te geloven; zoals ze bereid was tot alles om uit de troosteloze tredmolen te raken van een leven dat geen zin meer had. Zo liet ze twee vriendinnen bij zich intrekken, haar flat was immers ruim. Aardige vriendinnen, ontwikkeld, ethisch, hard werkend. Ze waren discreet, ze waren opgewekt, hun schaterlach was onvolwassen gebleven. Ze hadden geen man gekregen, maar daar ging het ook niet om in het leven, kop op, we maken er wat van. Straks een concert, morgen een lezing, en heb je niet genóten van dat boek? Ze bewonderden Grace, ze namen haar op, ze betrokken haar in hun wazige, humane gesprekken tot diep in de nacht – en dreven haar tot wanhoop binnen drie maanden. Als iets Mrs. Borne rijp gemaakt heeft voor Gharna, dan is het het samenwonen met vriendinnen geweest.

Het moeten sterke schouders zijn, die de eenzaamheid kunnen torsen als een staatsiemantel: op de zwakken drukt ze als een last waaronder ze bezwijken. Eenzaamheid is geschenk of beproeving, al naar gelang een mens er naar snakt of er toe veroordeeld wordt. De rijkdom van de eenzaamheid zou Grace pas op Gharna leren kennen, en niet zonder moeite; maar de vriendinnen zetten haar op het spoor. Tevoren had ze daar weinig over nagedacht: haar leven buitenshuis was vol genoeg, haar leven binnenshuis was stil genoeg, zo bleef het evenwicht bewaard. Het is pas als we een vraagteken plaatsen achter de zin van onze bezigheden, en het complex van gevoelens dat we Liefde noemen, raakt opgedroogd, dat we uit te maken krijgen of we ons zelf genoeg kunnen zijn. Eenzaamheid is een probleem van onze vroege, of van onze late jaren: als we onze plaats in het leven nog niet zien, of niet meer zien.

De M'Edda kijkt terug op de late jaren in Londen, de kloof lijkt plotseling klein. De vriendinnen waren beter dan Patricia, haar woning was minder dan Gharna, maar aan de vrouw die vreesde te stikken in een modder van gezelligheid, is niet méér veranderd dan dat ze zich van haar aard bewust is geworden en er de consequenties uit heeft getrokken. Ze ziet zich weer een gedragslijn ontwikkelen, weer heimelijk aansturen op een paar uur alleen-zijn, zoals ze in jonge jaren heimelijk zou hebben aangestuurd op een verboden rendez-vous. Schipperen met haar werk, voor de krant op pad gaan als de vriendinnen thuis waren, om thuis te kunnen blijven bij hun afwezigheid. Lezingen, op het laatste moment afgezegd, hoofdpijn als de anderen hun jassen al aan hadden voor een cultureel uitje...

... De deur valt dicht achter de laatste, Grace Borne staat in haar kamer en houdt de adem in. Hebben ze niets vergeten, komen ze niet nog eens terug? Hun bus dreunt langs, stopt, vertrekt weer, het is in orde, ze zijn weg.

De deur! Snel! Ze stort zich op de huisdeur, een havik op zijn prooi. Grendel erop. Nu is ze veilig.

Goedenavond, huis, kom maar te voorschijn: ze zijn weg. Ze gaat op de grond zitten, of languit liggen in de hal, wie kan zich die weelde veroorloven? Niemand kan haar waarschuwen voor de tocht, niemand kan haar zeggen dat haar kleren vuil worden, niemand kan praten, niemand kan haar zien, niemand, niemand. Ze zet de kamerdeuren open, als een ervaren levensgenieter die het onderste uit de kan van haar plezier weet te halen. Geen kamer met licht, geen kamer met een radio, roerloze ruimten, reservoirs van stilte, de een na de ander laat ze uitstromen, ten slotte staat het huis boordevol stilte, tot de zoldering toe. En de dingen komen te voorschijn, ze komen van de stilte drinken als dieren, ze ademen op en leggen hun vervorming af. Al de dingen die dag aan dag hangen te lijden onder overbodig lawaai: schilderijen, spiegels, lampen, daar zijn ze en wisselen blikken van verstandhouding met haar. Grace Borne loopt van kamer tot kamer op haar tenen, om de meubels niet te storen die staan te genieten van het niets. Zijn alle ramen wel dicht, heeft ze de bel wel afgezet? Wacht, nu ook nog de telefoonhoorn van de haak, dan zijn alle bruggen omhooggetrokken.

Het verkeerslawaai van buiten is niet hinderlijk meer, het gaat haar niet aan. Wie er ook uit de stoppende bussen stapt, ze doet hem niet open; welke post er ook gekomen mag zijn, ze haalt niets uit de bus. Zal ze een boek grijpen, een fles wijn, een grammofoonplaat? Gewoonlijk grijpt ze niets, ze heeft de handen vol met alleen-zijn, ze viert de orgie van de stilte tot er, altijd te vroeg, een sleutel in het slot wordt gestoken en ze haastig de grendels wegschuift. Ze was zeker angstig alleen, zeggen de vriendinnen; en Grace besluit, een volgende keer de wekker te zetten, zodat ze de grendels niet vergeten kan: de vriendinnen zouden thuis kunnen blijven uit medelijden met haar angst...

Al sluwer werd ze in haar jacht op stilte, al vindingrijker in haar uitvluchten, ze raakte verslaafd aan stilte, het werd een obsessie tot het onvermijdelijk einde in zicht kwam en ze haar flat aan de vriendinnen afstond zoals ze nu Gharna aan Patricia dreigt af te staan. De gedachte maakt haar plotseling woedend, ze schaamt zich over haar lafheid en dwingt zich Patricia opnieuw aan haar terugreis te herinneren. Ze tracht Patricia duidelijk te maken hoe het gezelschap van die vriendinnen onverdragelijk werd, als een parabel die maar voor één uitleg vatbaar is.

'Er zijn mensen,' zegt ze, 'die stilte nodig hebben zoals anderen gezelschap nodig hebben. Twee soorten; misschien zijn ze verschillend gebouwd, in elk geval moeten ze zich niet vermengen. Soort moet soort zoeken, gezellig bij gezellig en stil bij niemand.'

'Ik heb altijd gezegd dat die vriendinnen je niet begrepen,' zegt Patricia. 'Voor jou en mij ligt de zaak anders. Wij zijn bijna zusters. Ik zie altijd direct wanneer je rust nodig hebt, en dan ben ik als een múisje...'

'Pas maar op dat ik geen kat word,' zegt Grace. Patricia lacht superieur. Haar leven is een offer en bij offers horen vernederingen. Sinds het Grace geen moeite

56

meer kost grof te zijn, is er iets veranderd in de situatie. Patricia kan zich niet veroorloven naar de aantijgingen te luisteren, want Grace is haar laatste troef. Ze laat ze langs zich afglijden, en daarmee keert ze terug in een vertrouwde baan: haar zieke moeder heeft haar tientallen jaren uitgescholden en haar daarmee bewezen hoe onmisbaar ze was. Grace voelt het. Waarschijnlijk beheerst ze zich juist daarom niet langer: het geeft toch niets. Ze staat machteloos; maar de demon van het medelijden begint zijn greep op haar te verliezen. Wat ze voelt is pure haat.

'Ik zal een slot op mijn mond laten binden,' zegt Patricia grappig, als haar schoonzuster haar toesnauwt dat ze geen woord meer wil horen; en ze begint een omstandig verhaal over haar malle vader die beweerde dat het gepraat van vrouw en dochter hem de dood in dreef; maar dat was niet zo, natuurlijk, want de man had een hartkwaal.

Vloek over de stad die van haar moeder afviel!
Haar stenen zullen terugkeren tot hun leemput,
als leem, door de goden vervloekt.
Haar graankorrels zullen terugkeren tot hun [voren],
als graan, door de goden vervloekt.
Haar bomen zullen terugkeren tot hun bossen,
dor hout, door de goden vervloekt.
O stad, die genoemd werd: lachende onder de steden,
zij die weeklaagt, zal men je noemen.
Waar klank was van fluiten: de wind zal er huilen.
Waar de wijn in stromen vloeide: men komt er om van
    de dorst...

'Wat grappig,' zegt Patricia, 'het lijkt de bijbel wel.' Ze heeft staan meelezen over Graces schouder, tot die haar twee handen over haar blocnote legde. Voortijdige belangstelling voor haar werk heeft ze nooit kunnen verdragen. Wie naar een tekst gluurt die niet persklaar is, doet niet onder voor een voyeur. Maar Patricia heeft er zich nu bij neergelegd dat haar schoonzuster geestelijke afwijkingen vertoont, en trekt zich niets aan van de twee afwerende handen.

'Dat zal dominee Ogilvie aardig vinden,' zegt ze opgewekt. 'Ik ben hem juist aan het schrijven. Hij vertelt het heus niet verder, als het nog een geheimpje is.'

Haar schoonzuster geeft geen antwoord. De man van Ilosja heeft allang opdracht, de brieven die de vreemde vrouw hem meegeeft naar de post, te vernietigen. Ze voelt zelfs geen gewetensbezwaar als ze Patricia aanmoedigt tot uitvoerige epistels aan de eerwaarde Ogilvie: daar is het mens uren lang zoet mee. Grace heeft vaag het gevoel dat Patricia er toch al niet zeker van is of de eerwaarde wel tijd heeft om op haar ontboezemingen te antwoorden: ze vertelt te vaak dat hij het zo druk heeft. Grace heeft een foto voorgelegd gekregen van een edel gelaat in een krans van grijze lokken: de voorbestemde lieveling van bedaagde dames.

Als Patricia toegeeft dat ze Londen mist, denkt ze niet aan het stadsvertier, waaraan ze nooit deel heeft gehad, en ook niet aan het stadsgewoel, dat de veilige achtergrond van haar bestaan vormde. Wat ze mist zijn de vrienden van kerk en bijbelkring; vrienden, denkt Grace, die niets beters wisten te doen dan haar zo gauw mogelijk op een vliegtuig te zetten naar een uithoek van de bewoonde wereld: een bevestiging van haar stelling, dat vriendschap een fictie is of op zijn best een vorm van onvolwassenheid. Ze spreekt die stelling niet uit, ze heeft er alle belang bij, Patricia's heimwee naar vrienden aan te wakkeren.

Er zijn ochtenden waarop Patricia zich in haar slaapkamer terugtrekt met geestelijke lectuur; daaraan herkent Grace – wanneer het haar tenminste opvalt – dat het zondag is; het moest vaker zondag wezen, denkt ze. Maar voor Patricia zijn de zondagen laagtepunten. De eerwaarde Ogilvie had makkelijk praten toen hij haar bij het afscheid aanmaande, haar geestelijk leven op peil te houden: hij is een man van diepe gedachten. Zíj kan alleen na-denken wat een ander heeft voor-gedacht, ze is een vrouw, ze heeft steun nodig. Een klimplantennatuur, heeft haar broer teder en goedkeurend gezegd: zíjn vrouw was alles behalve een klimplant. Ze staart over haar lectuur heen, hoort de gemeente zingen, de eerwaarde Ogilvie preken – zijn stem, niet zijn woorden, wat waren zijn woorden toch? – en ziet zich babbelen op de pastorie na de dienst, met de domineesvrouw, met Bessy Portland en de anderen, gesticht en dankbaar, het wekelijkse halfuurtje vrijaf voor ze terugging naar haar zieke moeder. Haar moeder was lastig, veeleisend en ongeduldig, maar ze had dezelfde grond onder de voeten als Patricia, en op haar goede dagen konden ze samen praten en bidden. En ten slotte was het haar moeder: haar heengaan heeft Patricia diep geschokt. De eerwaarde Ogilvie heeft prachtige dingen over de dood gezegd, ze heeft ze opgeschreven en leest ze over. Ze zijn haar tot troost en staan in geen verhouding tot de ruwe reactie van Grace: 'Ze heeft je dertig jaar gevangen gehouden. Nu kun je niet meer zonder cel.'

Na de begrafenis heeft dominee Ogilvie haar geprezen om haar leven van offer en zelfverloochening. Grace: Wie zich door een schijn-zieke laat uitbuiten inplaats van een eigen leven op te bouwen, is geen eigen leven waard. 'Klimplant,' heeft Grace herhaald, 'met die vinding heeft Richard zichzelf overtroffen. De klimplant zegt: ik bescherm de boom tegen kou, beschermen is mijn roeping. Of de boom dood gaat onder die bescherming is van geen belang.' En toen Patricia opkwam tegen de verdachtmaking: schijnzieke: 'Als ze werkelijk zwaar heeft geleden is het onmenselijk om haar dood te betreuren. Was ze soms ziek voor jouw plezier?' Patricia is blij dat haar het enige passende weerwoord werd ingegeven: 'Zo harteloos kun je enkel zijn omdat je geen geloof hebt.' Waarop Grace de klap op de vuurpijl dorst geven: 'Ik vraag me af of jíj het niet bent die geen geloof hebt.'

Het geloof van Patricia, heeft Grace gezegd, is niets anders dan behoefte aan gezelligheid. Haar kerk is een club. Godsdienst gaat uit van de corporatieve gedachte – of zei ze: coöperatief? Wat ze bedoelde was saamhorigheid, de veronderstelling dat de Heer door een horde gediend wil worden. Een erbarmelijke vergissing, heeft Grace gezegd. 'Wie kan zich in de eeuwigheid verdiepen, opgesloten tussen zwetende, schuifelende, rochelende burgermannen? Gelijkgezinden? Laat me niet lachen. De een denkt stiekem aan de beursberichten, de tweede aan een nieuw bankstel, de derde aan een knappe juffrouw twee rijen verderop. Hoe zou het gesprek tussen God en de enkeling nog verstaanbaar kunnen zijn in zoveel platvloers geroezemoes?'

De eerste de beste zwetende burgerman had Patricia meer troost kunnen geven bij de dood van haar moeder dan deze waanwijze schoonzuster – Maar die gedachte had Patricia niet eens meer uitgesproken. Grace was geestesziek, en de oorzaak, besefte ze plotseling, lag in een bijna duivelse hoogmoed. Het was een gedachte waarover Patricia geruime tijd na moest peinzen, en die haar ten slotte opmonterde. Hoogmoed: daarmee was Grace gerubriceerd, en bovendien komt hoogmoed vroeg of laat voor de val. Waarschijnlijk was de val aanstaande: Grace zou zich aan Patricia's woorden niet zo onmatig ergeren als ze niet wist hoeveel waarheid ze bevatten. Waarmee het recept gegeven was: volhouden!

Is het waar dat ik geen geloof heb, vraagt de andere vrouw zich af, hoog in de kastanje. Ze heeft jarenlang een bevestigend antwoord gegeven op die vraag. De vroomheid van haar schoonfamilie had averechts gewerkt, en het roezige journalistenbestaan had het nu niet juist op bekering gemunt. Maar het leven is een kast met laden voor elke periode. Wie te oud wordt voor liefde en koketterie, zoekt het in rijkdom of aanzien, en wie ook daaraan ontgroeit, komt bij de bovenste la terecht, bij geloof, of in elk geval wijsheid. Erg wijs kan ik niet zijn, denkt de M'Edda vluchtig: anders had ik meer geduld met het verschijnsel Patricia. Gelovig evenmin, want geloof impliceert een overtuiging. De M'Edda is niet overtuigd, ze gelooft niet, ze vraagt. Er is oneindig veel te vragen en ook waar antwoorden uitblijven is vragen goed. Daarvoor is ze naar Gharna gekomen: om de stilte te ondervragen. De M'Edda denkt terug aan haar eerste winter op Gharna. Het water steeg tot het terras, het dak lekte in alle kamers, de schouw was verstopt. Er was geen vuur, er was geen voer, er waren geen kleren. Als het huis niet volstrekt geïsoleerd had gelegen, was ze weggelopen.

Niet om het ongerief: om de stilte waarnaar ze had verlangd. Een stilte waar niets mee te beginnen viel, een stilte zonder volume, doods en bedompt, een flanellen zak die over het hoofd was getrokken. De stilte van de eenzame opsluiting, onverdragelijk omdat ze niet vrijwillig gekozen is; een klankkast, waarvoor de ziel van de gevangene geen snaren heeft.

Hoe is ze die eerste winter doorgekomen, ze weet het nauwelijks meer. Met het lezen van oude kranten, het oplappen van het oude huis – zonder ervaring, zonder materiaal, dagelijks kon ze van voren af aan beginnen. Met huilen, met naar-buiten-kijken, ten slotte met haar vaders paperassen. De wegen vielen nog niet droog of ze baande haar weg naar de stad: naar comfort, post uit Engeland, mensen om tegen te spreken. Binnen de dag wist ze, dat ze in die wereld niets meer te zoeken had; en de Engelse kolonie wist het ook. Ze nam haar op... en ontweek haar. Er was geen communicatie meer. Grace Borne, de vlotte journaliste die zich in alle kringen wist te bewegen... was zo onthutst over de banaliteit van de coterie-gesprekken dat ze geen woorden vond. De landgenoten trokken zich terug in de reserve die men tegenover outcasts in acht neemt; en ik was nog wel naar de kapper gegaan, herinnert Grace zich met een grijns. Maar ze hadden gelijk: wie samenleeft met een inlander, of met de inlandse natuur, past niet langer in hun beschaving. Grace Borne stelde orde op zaken, sloeg in wat ze nodig had – en haalde pas weer adem toen de wekelijkse autobus haar aan de voet van haar bergen had afgezet. Sindsdien gaat ze, bij haar jaarlijkse zakenbezoek aan de stad, de Engelse kolonie zorgvuldig uit de weg.

Die reis is een mijlsteen: sindsdien weet de M'Edda waar ze thuishoort; want ook de zwervers en de eenzelvigen hebben een thuis. Het is de eenzaamheid, waaraan ze zo lang bouwen tot ze hen met veiligheid en vertrouwdheid omgeeft. Sinds die eerste voorjaarsreis naar de stad wist de M'Edda dat ze geen andere keus meer had dan Gharna, en vanaf dat moment had ze vrede met Gharna. Ze vond Eddur en dook de historie in; maar ze had ook iets anders kunnen vinden. Wie de stilte bewoonbaar gemaakt heeft vindt altijd wat hem past; Robinson Crusoë vond geiten en bakte potten. Kleitafels, geiten, potten, het zijn maar hulpmiddelen. Wie nooit anders meer ziet dan zijn eigen kleine oppervlak, duikt op een gegeven dag de diepte in. Wat vindt hij daar, op de bodem van zichzelf, hij gelooft zijn ogen niet: zijn bodem bergt mineralen waar hij het bestaan niet van vermoedde. Nu pas vallen de nuttige nutteloosheden van het vroegere alledagsleven werkelijk weg; bevrijd van die aanslag toont de schepping voor het eerst haar eigen gezicht. Plotseling is alles met alles in harmonie, de binnenwereld met de buitenwereld, de mens met... nu ja, noem het God. Niet bij voortduring, zeker niet in het begin. Bij flitsen, onverwacht, overweldigend, hun weerschijn houdt het leven nog weken lang licht. De M'Edda ziet zichzelf terug: een avond, bij de rivier; in de kastanje, door blaren omruist; tussen de lelies, turend naar wolken. Of ook aan haar bureau als uit de moeilijk te duiden tekens op een scherf een versregel naar voren kwam van huiveringwekkende, oeroude schoonheid.

Dat was, wat ík mijn gesprek met God zou kunnen noemen. Een broze genade: de lijn valt uit als de eerste de beste afgezant van de zwetsende buitenwereld hier binnenblundert. Wie zijn heiligdom niet verdedigen kan is geen heiligdom waard, denkt de M'Edda grimmig; en voelt weer de woede: Patricia moet eruit. Ze gáát eruit. Niet met overreding, dan met list. Niet met list, dan met geweld. Geen medelijden. Eruit!

Al was het uit de diepste spleet, terug zal zij hem halen!
Uit de afgrond waar geen licht valt, terug zal zij hem halen!
De droeve afgrond, geen bodem is er van te zien,
de droeve afgrond, die de jonge held omlaag heeft getrokken.
Als zij nog aarzelt, dan is het, om plannen te beramen,
Als zij nog aarzelt, dan is het niet uit angst.
Angst juist is het die haar voortjaagt als de [zweep] van een ruiter
In het vuur van de angst juist heeft haar liefde... gekregen.

Een halve dag heeft de M'Edda, veilig in haar jasmijnbos, zich afgevraagd wat de liefde van de moeder-go-
din gekregen kan hebben in het vuur van de angst.
Haar woordenboek brengt haar niet verder, maar ze
meent zich te herinneren dat ze het teken vroeger al eens
is tegengekomen, was het in een rechtszaak van een
pottenbakker? Pottenbakker, vuur, het beeld ligt voor
de hand: de liefde heeft glazuur gekregen in het vuur
van de angst, ze is er sterker door geworden. Alleen:
het vaatwerk van Eddur was ongeglazuurd, ze heeft
aangenomen dat de techniek er onbekend was. Nu tin-
telt het in haar om haar schuilplaats te verlaten, het
pottenbakkersarrest te zoeken, de plekken te vergelijken, niets is belangrijker dan het oningevulde woord.
Niets, behalve de schuilplaats, die ze zou verraden als
ze te voorschijn kwam. Patricia maakt zich in de tuin
verdienstelijk. Ze heeft de geitenkudde van de stam op
het gazon losgelaten bij wijze van maaimachine; nu is
het kortgevreten en verschroeid. Patricia sjouwt uren
heen en weer langs het jasmijnbos met een zware
zinken gieter; verongelijkt, omdat niemand haar helpt;
onhandig, want dit zwoegen is ze niet gewend; en
bang, want water putten is niet ieders werk, en ze heeft
een afschuw van de snelle rivier. Grace heeft haar ge-
moed verhard (in het glazuur van de ergernis, denkt ze
snedig): ten slotte heeft ze niet om deze bedrijvigheid
gevraagd. Het is haar niet gegeven, dankbaar te zijn
omdat haar tuin wordt opgedirkt als een hoer. Ze
denkt aan twee mannen van de stam die, op weg naar
hun akker, een ogenblik bleven staan om Patricia te
zien putten. 'Als de rivier maar niet droog valt,' zeiden

ze grijnzend, en terwijl ze verder liepen ving Grace de bijnaam op die haar schoonzuster klaarblijkelijk van de stam had ontvangen: M'Awirra. In deze streken worden geen varkens gehouden, tenzij om truffels te zoeken. Afgerichte roofvarkens, onrein, brutaal, hardnekkig. Dat zijn de M'Awirra's: zij-die-wroeten-in-andermans-grond. Grace heeft gelachen om de vondst, die haar tegelijkertijd vaag verontrustte.

Ze heeft reden zich de bijnaam te herinneren als ze zich ten slotte uit het jasmijnbos waagt wanneer Patricia een ogenblik uit zicht is. Op eigen gezag is de M'Awirra aan het verplanten geslagen. Terwijl Grace een heester terugdraagt naar zijn oude plaats, betrapt ze haar kwelgeest met een bijl bij een kwijnende vijgeboom.

'Blijf er af!' ze rukt de bijl uit de bemoeizieke handen. 'Die boom hoort hier. Mijn vader heeft hem geplant. Zóveel jaar terug. Toen ik geboren werd...' En Patricia pruilen: 'Kon ík weten dat het een relikwie was?'

Het is geen relikwie. De woorden van de M'Edda klinken anders dan ze bedoelde. Ze vermeldde haar geboorte niet als heugelijk feit, maar als tijdsaanduiding; alleen weet ze de juiste leeftijd van de vijg en zichzelf niet zo gauw te berekenen. Hoe ver in de vijftig was ze, toen ze naar Gharna kwam? Hoe lang is dat geleden? De jaren hier hebben geen eigen karakter, ze klapwieken voorbij, het kunnen er tien zijn of twaalf. Haar leeftijd een witte plek, de ontdekking amuseert haar. Ze laat Patricia mokken bij de vijg en loopt het terras op. Het mens heeft tijdschriften meegebracht, daar

66

moeten data op staan, wie weet kan ik uitrekenen hoe oud we zijn, broeder vijg en ik...

Maar voor ze binnen is ziet ze op de plaats, waar die winter een clematis dood ging, een egelantier tegen de muur geplant. Hij vult een leemte, hij kleurt er goed, hij past er uitstekend. Ze grijpt hem beet en rukt hem uit.

Haar handen zitten vol dorens en ze ziet Patricia huilen; woede en berouw lopen door elkaar tot een onsmakelijke brij in haar hoofd. In haar kamer laat ze heldhaftig een stoel staan waar hij niet hoort; pas 's avonds wordt het haar te machtig en schuift ze hem terug. Tegenover haar keuvelt haar schoonzuster opgewekt om te demonstreren dat ze niet boos is, meer dan ooit overtuigd van Gracies abnormaliteit. Ze praat ook om de stilte te overstemmen, want 's avonds is ze bang. 's Avonds lijkt het woeste bergland op haar af te komen, ze schrikt op van ieder geluid, voelt drie maal aan iedere buitendeur, en zoekt de vriendschap van de hond Maj, die zich nog altijd moet beheersen om niet tegen haar te grommen. Gretig herdenkt ze de avonden thuis, allang vergeten hoe moe en neerslachtig ze kon zijn na wéér een dag klusjes en klachten van moeder. Er was in elk geval het gezelschap van radio en televisie, en het voornaamste: er kón altijd iemand langs komen; maand in maand uit lag daar het zelfde flesje bier voor klaar in de koelkast.

'De winteravonden hier kennen maar één afleiding: naar bed!' zegt haar schoonzuster vrolijk. 'Wees maar blij dat je tegen die tijd weer veilig thuis bent.'

Daar heeft Patricia een nieuw antwoord op: de uitgerukte egelantier heeft het haar ingegeven. 'Ik wil heel graag terug naar Londen,' zegt ze, 'maar alleen als jij met me mee gaat. Ik laat je hier niet alleen. En je móét een psychiater raadplegen.'

Het is een plannetje waar ze nog vaak op terugkomt, en dat is goed, want deze eerste keer heeft Grace niet geluisterd. Achter de berg van ergernis is plotseling de herinnering aan het pottenbakkersarrest weer te voorschijn gekomen, ze duikt in haar kaartsysteem, jawel, glazuur zou kunnen. Merkwaardig.

De vijg: een relikwie van haar vader? Haar hele huis is zijn relikwie. Haar hele leven is zijn relikwie. Patricia is komen aandragen met een portret dat ze in een la heeft gevonden: dit is je vader zeker? Wat lijk je op hem! Sindsdien hangt het portret aan de muur, want zo hoort het. Jaren geleden al heeft Grace de man van Ilosja horen zeggen: de M'Edda lijkt meer op de Wijze Man dan passend is voor een vrouw om op een man te lijken; ze heeft de indruk dat ze sindsdien door de stam als een soort man-honoris-causa wordt beschouwd. Controleren kan ze de gelijkenis niet, ook niet met behulp van het portret, want ze heeft geen spiegel. Het zal wel zo zijn, ze is niet enkel zijn dochter, ze heeft ook zijn spoor gevolgd, de eenzaamheid in, het verleden in: navolging schept overeenkomst. Tot dusver heeft het haar te weinig geïnteresseerd.

Komt het door het geval met de vijg, of veeleer door de aanwezigheid van Patricia, dat de M'Edda zich realiseert: ze is in al die jaren niet heengekomen over haar wrok tegen de vader die ze als kind had verafgood. Hij had haar losgelaten, nog vóór de scheiding was uitge-

68

sproken die haar aan haar moeder toewees. Hij had zich van haar teruggetrokken, zij was de prijs die hij betaalde om van zijn vrouw af te komen. Ze had het verraad gevoeld en er om getreurd, zo kreeg haar moeders verbittering vrij spel toen alle moeilijkheden in het vijandige Engeland aan de egoïste kamergeleerde op Gharna werden geweten. De smalle beurs, de smakeloze kost, de bekrompen school, het slechte weer. Het anders-zijn. Grace heeft de oude man nooit willen schrijven, en in latere jaren nog maar weinig aan hem gedacht. De ontdekking dat ook zij haar moeder niet kon verdragen, stemde haar niet zachter tegenover de vader die de brui had gegeven aan haar gezelschap: alsof hij niet zijn dochter op zijn vrouw, maar zijn vrouw op zijn dochter had afgeschoven. Zo heeft ze zelfs van haar eigen vlucht in een zinneloos huwelijk haar vader een verwijt gemaakt. Terug in deze wereld die de zijne was, heeft ze zich minder in hem zelf willen verdiepen dan in zijn wereld. Gharna, Eddur. Ze heeft zijn studie aangetrokken als een klaargelegde jas, maar wat ze tussen zijn geschriften aan persoonlijke notities vond, heeft ze verbrand. Ze gingen haar niet aan, hij was een vreemde, het bespieden van andermans privé-gedachten is indiscreet.

Sinds Patricia haar leven verstoort, vraagt de M'Edda zich af of die vernietiging juist is geweest. Was ze geen rechter die gevonnist heeft zonder naar de verdediging van de beklaagde te luisteren? Uit de schemering van haar kinderjaren komen glimpen terug. Ze zit vóór op zijn paard en kijkt omhoog, hij straalt: ze hebben vakantie, ze gaan naar Gharna, hun buitenhuis. Ze staan bij de rivier, haar hand ligt stevig in de zijne, want de kokkin heeft haar van de riviergeest verteld, een geest met lemen haren die op kinderen loert. 'O, die geest met lemen haren? Heb ik je niet verteld dat ik hem gevangen heb in een net? Ik heb hem naar de Maharadja van Jodhpur gestuurd in een loden kist.' De Maharadja van Jodhpur verzamelt geesten, dat weet iedereen. Grace voelt haar opluchting weer. En hoort ze de stem van haar moeder of verbeeldt ze het zich: 'Wat een nonsens maak je dat kind wijs. Zet liever een hek langs de oever.'

Hij werd gek van haar zoals ik nu gek word van Patricia. Maar zat ook hem geen demon op zijn nek, voelde hij zich schuldig en gaf hij haar daarom alles wat ze wou, tot zijn dochter toe? Wie was er bereid, Patricia alles te geven, tot Gharna toe, en weg te trekken, weg van Patricia, het geeft niet waarheen? Jawel, ik lijk op hem, alleen: hij kreeg haar ten slotte de deur uit. Grace is al half in slaap als ze zich een bijzonderheid herinnert. De notities uit haar vaders laatste jaren waren gesteld in de taal van het bergvolk.

De zomer wordt oud, straks zullen de regens weer komen. Er zeilen zo nu en dan wolken over het vermoeide blauw, de oogst van de akkertjes is binnen, de jonge dieren drinken uit de kreek zonder moeder. Het is nu eindelijk tot de M'Edda doorgedrongen dat haar schoonzuster bereid is tot terugkeer naar Engeland als zíj haar vergezelt, en ze begint te denken aan een tegenoffensief. Die avond als de eerste najaarswind door bomen en schoorsteen huilt – 'hoor,' zegt de stam, 'de

berggeesten roepen de regen!' maar Patricia praat kleu-
merig over 'eng' – die avond ziet de oude vrouw van
Gharna als in een visioen de naderende winter voor
zich. Moet ze de blaren zien verkleuren zonder in stilte
te genieten van hun koninklijk rood en goud? De storm
zal door de kruinen daveren, een orgel met alle regis-
ters uit, de rivier brult mee, de regen roffelt op het dak
– en daaronder drenst een stem over eng en koud en
keelpijn. Eén schouw maar heeft het huis, één lamp,
één bewoonbare kamer, vier maanden lang. Vier
maanden, waarin ze de eerste hoofdstukken van het
Eddur-boek had willen schrijven. Vertwijfeling grijpt
haar in een tang zodat ze ineenkrimpt, wat is er toch
met die maag. Er is niets met die maag, maar nu weet
ik het heel zeker: ze gaat weg. Al moest ik haar vermoorden. Een winter met Patricia kom ik niet door.

In haar bed bedenkt de M'Edda hoe ze zal doen of ze
meegaat naar Londen, maar op het laatste moment af-
zeggen, zodat ze nog net kan ontsnappen en terug
glippen naar Gharna. Tegen dat Patricia haar achterna
wil komen is de weg onbegaanbaar geworden. Het
plan is nog niet rond, maar het stelt haar gerust. Voor
het eerst sinds weken slaapt ze de nacht door en treedt
ze Patricia tegemoet met iets dat op een glimlach lijkt.

'Hoe lang ben ik nu al hier?' vraagt Patricia olijk, en
Grace denkt: ben je hier ooit niét geweest? Was er ooit
een tijd waarin ik je niet in je handen zag wrijven, je
niet hoorde slurpen van je lekkere, sterke kop thee, je
geen o-hemeltje-o-hemeltje hoorde mummelen? Ze
geeft geen antwoord op de vraag, en dat is ook niet de

bedoeling, want hij was enkel als aanloop bedoeld: 'Weet je dat je al die tijd nog niet naar Martin gevraagd hebt?'

Natuurlijk weet Grace dat. 'Werkelijk?' vraagt ze. Patricia is precies de laatste, van wie ze inlichtingen over Martin wenst te vernemen; ze is er bovendien niet nieuwsgierig naar. Martin is Londen. Hij was haar laatste sprank jeugd. Hij is voorbij.

Maar nu is er geen ontkomen meer aan, en als Patricia haar eerste mededeling afvuurt beseft Grace dat dit de grote troef is die haar schoonzuster, wie weet met hoeveel moeite, heeft achtergehouden: bij het horen van dit nieuws zal Grace het eerste het beste vliegtuig willen nemen...

'Zijn vrouw is verleden jaar gestorven,' zegt Patricia triomfantelijk.

'Verleden jaar pas? Ik dacht dat ze allang dood was.' Kijk ze teleurgesteld zijn, het was een onuitstaanbare opmerking van me. En een leugen. Geen seconde heb ik gedacht aan Emily, levend of dood.

Patricia, kleurenblind, loopt ook door dit rode licht weer heen. Ze heeft Martin nooit gemogen. Als ze minder naastenliefde had gehad (zegt ze zelf) of meer temperament (zegt Grace), had ze hem van harte gehaat. Hij was niet enkel een onwettige, maar ook een onwaardige opvolger van haar betreurde broer; maar ondertussen heeft deze laatste 'affaire' van Grace niet nagelaten haar hevig op te winden en te intrigeren.

'Zij was het toch die tussen jullie stond,' begint ze dramatisch.

De M'Edda vertaalt:

Laat ons vóór haar treden en haar heil toeroepen,
laat ons vóór haar treden, zij is de hemelvorstin...

'Als zij er niet geweest was zat jij hier nu niet in deze uithoek...'
     'Gelukkig dan maar dat ze er wél was...'
— *met rietfluit en lier, met de grote pauk en handge-*
     klap...

'Hij heeft de groeten voor je meegegeven! Hij mist je, Grace, ik ben er bijna zeker van dat hij op je wacht.'
     (Goed voor hem, wat heb ik niet op hém zitten wachten. *Met rietfluit en lier, laat ons vóór haar treden...*)
     'Het scheelde geen haar of hij was met me meege-komen!' Er komt een schrille boventoon in de babbel-stem, Patricia voelt dat ze ook nu geen voet aan de grond krijgt. Grace schuift haar tekst opzij en lacht luid. Martin op Gharna! Martin met zijn verslaving aan comfort en zijn angst voor kwalen. Martin zonder kroeg en club, zonder sherry en dagelijks nieuws! Hij werd al hysterisch als de koelkast niet werkte, een stop die doorsloeg bracht hem een dag uit zijn humeur; en die winter toen de waterleiding bevroor... Er is niet eens een bad op Gharna, Grace vergeet weken om zich te wassen. Drinkwater moet gefilterd worden, en er is niets in het huis of het is een beetje kapot.
     'Natuurlijk om je te halen, niet om hier te blijven,' zwicht Patricia. 'Als je mee naar Londen gaat, straks, komt het zeker in orde tussen jullie...' Haar stem klinkt niet geheel overtuigd, ze kijkt haar schoonzuster onder-

73

zoekend aan.

'Als je je eerst maar weer wat opgeknapt hebt,' zegt ze hoopvol. 'Hier in de jungle komt het er niet zo op aan, ofschoon ik van mening ben dat een mens zich nooit mag verwaarlozen. Hij dient zijn waardigheid hoog te houden.'

'Ja?' vraagt de M'Edda, haar oog weer op de lofzang. Ze zegt graag ja. Het woord is plezierig kort en wekt plezierige reacties, anders dan een druk op de knop 'nee'.

'Ik houd het maar op die man die alleen op een plantage zat en elke avond een dinnerjacket aantrok... van wie is dat verhaal ook weer?'

Grace heeft allang geen moed meer, de eeuwige kruiswoordraadsels van Patricia's brein te helpen oplossen. In plaats daarvan zegt ze: 'Ik zie er het nut niet van in, een huis op te schilderen dat onbewoonbaar verklaard is.'

Onbewoonbaar! Als Patricia begrijpt wat haar schoonzuster bedoelt, vervalt ze in haar breedste betoogtrant. De etikette verlangt dat men protesteert zodra een mens zijn eigen waarheid onder het oog ziet; bovendien past de term allerminst in haar herenigingsactie Grace-Martin. Wie spreekt er van oud? In Londen dansen dames van hun leeftijd de nacht door. In strapless, zegt Patricia met enige afgunst. Niemand hoeft tegenwoordig oud te zijn.

'Dat stempelt "tegenwoordig" tot een erbarmelijke tijd,' zegt Grace. 'Een leven zonder ouderdom is on-af.' Ze denkt aan de Raad der Ouden die Eddur regeerde.

Maar Patricia zegt: het tijdsbeeld is veranderd. De

74

gespecialiseerde medische bejaardenzorg maakt een eind aan aftakeling en vereenzaming. Ze struikelt over hormonen, plastische chirurgie, bejaarden-planning, en Grace kan het niet helpen, ze ergert zich toch weer.

'Je weet niet waar je over praat,' zegt ze, dwars door het populair-wetenschappelijk vertoog. 'Stel oud worden niet gelijk aan aftakelen. Aftakelen is een bij-verschijnsel, en misschien onze eigen schuld. Als we ons vastklampen aan een omgeving waar we niet in passen, dán wordt oud worden misschien tot aftakelen. Naar buiten. Naar binnen is oud worden: tot rust komen. Overzicht krijgen. Samenvatten. Oud worden is : bij-zaken van hoofdzaken onderscheiden, en de bijzaken schrappen. Geen schijn meer ophouden. Wie oud wordt mag eindelijk zichzelf zijn. Geen kappers en ge-zichtsmassages en nauwe korsetten en hoge hakken. Geen dansen in strapless, godzijdank. Het hoeft niet meer. Wie oud wordt heeft wel iets beters te doen. Hij kan de hoofdrol geven aan zijn geest, want zijn lijf is eindelijk tot figurant geworden. Het verlangt niet meer naar andere lijven. Het eist geen aandacht meer op, het leidt de geest niet meer af met zijn dwaze behoeften en driften. Ouderdom is bevrijding. Waarom zou je die bevrijding uitstellen met hormonen? Waarom zou je vorige hoofdstukken overlezen als het boek nog niet uit is? De climax komt pas op de laatste bladzij?'

'Dat kun je niet weten,' stamelt Patricia, ieder spoor bijster.

Grace vraagt: 'Ooit iemand tegengekomen die niet eindigde met doodgaan?'

Het hinderlijkste aan dit soort gesprekken zijn de na-weeën. Wanneer Grace die avond alleen is, komt Martin onvermijdelijk dichterbij dan hij in jaren geweest is. Martin zoals ze hem leerde kennen: fel, mager, voor in de veertig; ze schuift hem weg achter de Martin die ze achter liet: uitgezakt, arrivé, gemelijk omdat hij vijftig werd... Het lukt niet; niet dadelijk. Het sterkste beeld blijft het eerste, het beeld waar ze verliefd op werd. Zijn entree op de krant, gebalde vuisten, gebalde hersens, klaar voor het gevecht met de collega's die hem niet moesten: een academicus. Een beterweter. Een boekenwurm; maar vraag hem eens zijn stuff te verkopen...

Hij verkocht zijn stuff. De hoofdredacteur schrapte hier en daar een belediging, maar agressiviteit liet hij staan, die werd juist mode. Een don die in Cambridge schandaal had gemaakt, non-conformist, non-alles, en een vrouwenjager. Maar toch: een don, die hoort niet op een krant. Mis. Het was in Cambridge dat hij niet hoorde.

De enige vrouw in de redactie moest hem wegwijs maken; ze zeiden: die had de tijd. Dat was waar, die had ze; niet omdat ze minder te doen had, maar omdat ze systematisch werkte en niet op het effect van zeven borrels wachtte om een stukje te schrijven. In werkelijkheid schoven ze Martin op haar af omdat ze bang voor hem waren. Hij was het soort man dat bij medemannen achterdocht wekt; of is het afgunst?

Grace Borne, een paar jaar ouder dan de nieuweling. Zo modieus als het de leidster van een vrouwenrubriek betaamt, maar nooit hertrouwd: alle gegadigden hadden moeders, en meestal ook vrouwen. Hoeveel jaar liep ze al mee, er ging niets om bij een krant of ze wist het. De nieuweling wist het ogenblikkelijk beter, de eerste dag de beste had hij ruzie met een typograaf, een fotograaf en een corrector; nee, het was zo dwaas niet dat ze hem op Borne hadden losgelaten... Hij las haar de les over alles, lay-out, cliché's, koppen maken... 'Professor,' citeerde Grace, geamuseerd genoeg om haar geduld te bewaren, 'moge u nooit zo diep zinken dat u zulke dingen beter weet dan ik.'

Voor het eerst keken de felle ogen haar aan, voor het eerst sprong de humor over die hen later zou verbinden.

'Moet ik aannemen dat u Plutarchus gelezen hebt?' vroeg de professor.

'Tenzij u wilt aannemen dat Plutarchus mij gelezen heeft,' zei Grace nonchalant – overigens hád ze Plutarchus niet gelezen; toen nog niet, maar er bestaan citatenboeken. Het was voldoende. Ze gingen samen lunchen – en geen week later samen naar bed.

De M'Edda van Gharna staat in het donker voor het raam en kijkt naar de tuin waar dikke sterren boven hangen. Ze zijn weggeëbd, de golven van sensualiteit, emotie, vertedering die haar in die tijd overspoelden; maar de herinnering is nog levendig genoeg om haar opnieuw met verwondering te vervullen. Waarom juist Martin, ofschoon hij de mooiste niet was, en ook niet de eerste? Misschien omdat ze wist dat hij de laatste zou zijn, omdat ze wist dat zij de verliezer zou zijn, en er verdriet om zou hebben? Niet omdat ze voor elkaar geschapen waren, zoals ze zich in sentimentele momenten aanpraatte. Niemand is voor wie ook geschapen, en zij zeker niet voor Martin: daarvoor leken ze te veel op elkaar. Daarvoor was Martin ook te onbestendig. Te egocentrisch, zegt Grace verbitterd tegen de slapende tuin. Wat hij nodig had was een vrouw die om zijn leven draaide zonder ooit dat leven binnen te dringen, die gelaten bleef onder zijn escapades, onder Plutarchus, Cambridge, de krant, die zijn overhemden streek en de kinderen liet zwijgen als hij werken wou. Emily. Een pudding. Een redelijke pudding, dat wel. Ze had er begrip voor dat er een prijs betaald moet worden, wil men een huwelijk in stand houden waarvan de animale aspecten verbleekt zijn. Mannen zijn mannen, arme lieverds. Was ik even redelijk geweest, denkt Grace, dan had ik door mijn jongere opvolgsters heen gekeken en in Martin een charmante, vertrouwde kameraad behouden. Redelijk? Ze lacht. Ik had ze stuk voor stuk kunnen vermoorden, de teven. Nooit was ik jaloers geweest. Ik werd het toen. Ik was oud. Ik wist dat het uit was.

Zo is het beter. Denk maar aan de nadagen. Denk maar aan de afspraken, op het laatste ogenblik afgezegd; of helemaal niet afgezegd: denk maar aan de vernederende uren in de verschaalde koffielucht van kroegen, waar je vergeefs zat te wachten. Denk aan de leugens, die op den duur niet eens de moeite meer namen om plausibel te zijn. Alweer een vergadering waar geen regel van in de krant komt? Alweer een persconferentie die op geen enkele agenda staat? Alweer een zoekgeraakte brief, een bezette telefoonlijn? Lieveling, neem toch de moeite van liegen niet. Wat me in het begin het meest charmeerde: je grilligheid, moest ten slotte mijn noodlot worden; en om de rest te raden hoefde ik maar in de spiegel te kijken. Wie gelukkig is, krijgt een onverwachte schoonheid; maar na het geluk haalt de natuur haar schade in. Het was in die tijd dat het verhaal van de agave haar fascineerde, de bitse plant met haar reusachtige, grauwe bladen. Ze groeit waar niets wil groeien, het volk zit in haar schaduw, kerft namen en figuren in haar blad, als was ze geen levend wezen. Groter en groter wordt ze – en na veertig, vijftig jaar begint ze te bloeien. Dan lopen de mensen uit, want in haar bloei heeft de oude plant een aangrijpende schoonheid; maar als ze uitgebloeid is, sterft ze.

De M'Edda haalt spottend haar schouders op. Een heel gedicht heeft ze op de agave gemaakt, ze heeft het niet bewaard, ze is het vergeten, maar ook om díé mystiek is ze naar Gharna gekomen. Om uit te vinden dat het niet waar is, niet van dat bloeien na vijftig jaar, niet van dat sterven na de bloei; en bovendien groeien op Gharna geen agaven.

Martin. Hij is verdwenen. Bij snelwegen is dat soms te zien: twee banen van verschillende herkomst, een tijdlang lopen ze naast elkaar, dan buigen ze weer uiteen, elk naar een eigen bestemming. Martin was al afgebogen vóór hij de redactie kreeg die hij waard was: van het enige weekblad dat intelligent én veelgelezen wist te zijn; een post die geen enkel raakpunt meer vertoonde met de vrouwenrubriek van Grace.

In een stad als Londen kunnen mensen in de journalistiek werkzaam zijn zonder elkaar ooit te ontmoeten.

Het was toen, dat twee vriendinnen bij haar introkken om de leegte van haar flat te vullen. Alsof dat mogelijk zou zijn. Leven rondom een gat. Ze was geen agave meer, ze ging immers niet dood, zelfs dat niet. Ze was het moderne standbeeld van de Vertwijfeling: een mens met een gat in zijn binnenste. Niemand kan dat ooit weer vullen, behalve die mens zelf, na lange jaren misschien.

Het is dicht, denkt de M'Edda tevreden, en tast haar weg naar bed. Het mag waar zijn dat men uit de verte gaat onderschatten wat men van dichtbij heeft overschat; maar wát Martin en Martins desertie ook hebben betekend, de gedachte aan zijn verblijf hier op Gharna, zoals Patricia het suggereerde, is behalve vermakelijk ook afstotend. Mijn vrijheid opgeven! Een man om me heen waar ik me naar richten moet – mijn hemel, ja, ik had niets liever gewild dan met hem trouwen indertijd, stel je voor. Een man om me heen die hier niet hoort en niets om handen heeft, van vroeg tot laat niet. Zijn conversatie aanhoren, hij was wat men noemt een gezellige prater. Mijn tijd verdoen aan lievelingskostjes, aan wassen en naaien, elke dag een schoon overhemd! Een schoon overhemd op Gharna! Betere jurken voor me zelf, betere haren, de hele rataplan, daar heeft Patricia gelijk in, dat hoort erbij. Ik moet er niet aan denken.

Laat ik niet vergeten de groeten terug te doen, neemt ze zich nog voor. Straks als de regens komen en ik de brave Pat in een vliegtuig mik.

De tijd van de dubbelwinden is gekomen. De bovenste

wind drijft blanke statige aartswolken voort, maar daaronder jaagt een nijdige sergeant het grauwe voetvolk op, dat aanstonds regen brengt. Waar het grauw zich samenpakt lijkt het blank teniet gedaan, maar is de actie van het gepeupel voorbij, dan ziet men daarboven de aartsvaders onaandoenlijk verder drijven. 'In Eddur bereidden ze zich nu voor op het feest van de eerste regen,' zegt Grace in een mededeelzame bui, en beschrijft hoe dat ging, de processies, de gebeden, de maaltijden. Zó van een kleitafel die niemand nog kent! Maar aan Patricia is de primeur nauwelijks besteed. Ze is verhit in de keuken bezig, en zegt snibbig: 'Wil jij je voor mensen interesseren, dan moeten ze vierduizend jaar dood zijn.'

Dat is volkomen waar. Het vergankelijke van een samenleving is na vierduizend jaar veilig verteerd, wat overblijft is het skelet van haar geest, alles waarin ze groot en bestendig is geweest. Het skelet dat ik van de winter beschrijven ga, denkt Grace, en peinst over hoofdstukken, gedachten, zelfs al volzinnen, tot ze regendruppels voelt. Grote, gave druppels, pronkstukken, rijp en rond, ze komen als tamme dieren op haar armen en schouders zitten. Het is zover, denkt ze, en ziet haar verschroeide gras, denkt aan de opengebarsten akkertjes, de schitterende hymne aan de hemelgod die zijn aarde te drinken geeft. Ze blijft staan met opgeheven gezicht, het is nog maar een kleine voorpost-bui; maar voor hij over is snelt Patricia al toe met berisping en paraplu.

'Ziezo,' zegt de M'Edda vastberaden, als ze binnen zijn. 'Morgen klim ik het dak op om lekken te dichten, en overmorgen nemen we de bus naar de stad. Koffers pakken!'

'Overmorgen? Gracie, dat kan niet. Het had een verrassing moeten zijn, maar kijk: ik ben aan het wecken.' De keuken geurt zoetig naar rijp fruit, en in een hoek ligt een berg groente, die van Ilosja afkomstig moet zijn. 'We zullen van de winter geen honger lijden,' zegt Patricia voldaan, en ze glimlacht afwezig, als Grace het met een grapje probeert: niemand lijdt toch honger in het Verenigd Koninkrijk, sinds Labour aan het bewind is? Grace heeft het al vaker bemerkt: sinds ze zich bereid toont, naar Londen te gaan, is Patricia niet meer zo happig op een terugkeer. Koestert ze achterdocht, of realiseert ze zich dat ze in Londen verloren zal zijn, en gedwongen een betrekking te zoeken? Grace heeft het gevoel dat haar schoonzuster iets in haar schild voert. Haar besluit, het mens vóór de winter te verwijderen, wordt er niet door aangetast, maar de praktische uitwerking krijgt complicaties. Men kan een volwassen vrouw moeilijk tegen haar zin een vliegtuig insleuren; bovendien is haar te binnen geschoten dat Patricia's visum vermoedelijk is verlopen. De eerste pleisterplaats zal de stad moeten zijn, en desnoods laat ze de vrouw dáár achter in de regenmaanden.

Ze kneedt aan haar plan tijdens de periodieke bevoorradingstocht naar het winkeltje aan de straatweg. Lucifers, petroleum, zeep, rijst; en voor de zekerheid toch maar een extra deken en een extra lamp; liefst ook een grendel, maar ze verkopen geen grendel. Ze is laat thuis en gaat onmiddellijk slapen; maar de volgende dag, met haar gereedschap op het dak, kneedt ze het plan verder. Pat bij de consul, Pat in de Engelse kolonie, het is beter dan Pat op Gharna, al zou Londen veiliger zijn. De M'Edda repareert de luiken, teert spleten dicht, vervangt een roestige scharnier, een rottende drempel. De teerlucht heeft de vertrouwde associatie van een naderende winter, stille, besloten maanden achter haar schrijfbureau; o ja, ze zal alleen zijn, ze zal aan het boek beginnen. De man van Ilosja helpt haar met een last die ze alleen niet tillen kan, en ze hoort hem uit over bergpaden die nog een tijdlang begaanbaar blijven als het karrespoor al onder water staat. Hij antwoordt bereidwillig genoeg, maar achteraf zoekt de M'Edda met onbehagen naar iets in zijn houding dat haar niet beviel.

Gharna is gereed, de regens kunnen komen. Ze zijn er nog niet, er is nog veel blauw tussen de wolken, maar het wordt hoog tijd dat Patricia zich op haar winterkwartier voorbereidt.

Het wordt hoog tijd, maar als Grace de juiste stemming heeft gekweekt om haar schoonzuster voor het voldongen feit te stellen, blijkt Patricia moeilijk te vinden; het dringt tot Grace door dat ze haar al verschillende dagen weinig heeft gezien. Patricia is uren lang uit huis en tuin verdwenen en gaat 's avonds vroeg naar bed. Grace durft niet te vragen wat het mens bezielt, ze durft niets te vragen of te zeggen: Pats afwezigheid is te heerlijk, het zou ondankbaar zijn er een eind aan te maken. Ergens moet een vergissing begaan zijn, iemand heeft haar per ongeluk dit geschenk van de stilte gestuurd dat eigenlijk voor een ander bestemd was: als ze het aangeeft mag ze het niet houden... Drie dagen geniet de M'Edda gulzig van het alleenzijn, en vraagt zich al af of ze het stadsplan misschien kan laten varen; dan op een middag loopt Patricia weer doelloos en schutterig te gieteren onder een zwaar wolkendek. Grace neemt haar resoluut de gieter uit de hand en zegt: 'pakken!'

Maar zelfs voor de stad met de Engelse kolonie toont Patricia geen geestdrift meer. Er is geen reden tot welk vertrek dan ook. Het huis is op orde, de wintervoorraad ligt klaar, ze voelt zich niet eenzaam meer. Ze heeft een taak.

'Mij in de weg lopen!' hoont Grace opstandig, maar Patricia zegt met kalme triomf: 'Ik leer de bevolking wat zindelijkheid is.'

Wanneer het tot Grace doordringt dat haar schoonzuster wezenlijk, als van ouds met doek om het hoofd en bezem in de hand, de hutten van de nederzetting binnendringt, is ze oprecht ontsteld.

'Wil je dat laten! Dat is levensgevaarlijk.'

'Valt wel mee,' zegt Patricia naïef. 'Ik spuit stevig met DDT voor ik ergens binnen ga, en als ik thuis kom was ik me met lysol.'

Dat is dus het afstotende luchtje van de laatste dagen. Patricia geeft een voldane uiteenzetting over licht, lucht, calorieën, zuigelingenzorg. Rachitis heeft ze aangetroffen, en het hoesten van een paar oudjes lijkt verdacht op tering. 'Een schande, zulke toestanden in onze tijd,' zegt Patricia, en bedoelt natuurlijk: een schande voor Grace. Maar Grace ziet de M'Awirra door hutten zwabberen, bergplaatsen opruimen, welputten doorsnuffelen. Waarschijnlijk verwijdert ze onhygiënische amuletten en bestaat ze het, door te dringen in de mannenverblijven... Grace wordt koud van schrik wanneer Patricia dat alles opgewekt bevestigt. Zij is de Vooruitgang. Vooruitgang laat zich niet keren.

De M'Edda van Gharna voelt haar knieën knikken, in jaren is ze niet bang geweest, wezenlijk bang, zoals nu. De bevolking van dit dal wil geen Vooruitgang. Ze wil met rust gelaten worden. Ze bestaat allerminst uit vreedzame missie-objecten. Deze stammen worden gevaarlijk als verscheurende dieren, wanneer men ze stoort. Ze dulden geen inmenging, ook de regering uit de stad heeft ze niet in bedwang. Soldaten trekken met een bocht om de nederzettingen heen.

De M'Edda hakkelt haar waarschuwingen af. Patricia hoort er schuldgevoelens in en valt haar in de rede op een toon die duidelijk de Hele Weldenkende Mensheid vertegenwoordigt: 'Laat ik je dit zeggen, Grace: wat je ook aanvoert om jezelf schoon te praten, hier geldt geen enkel excuus. De mensen wonen op jouw terrein. Je bent verantwoordelijk voor ze. De verwaarlozing waarin ze leven schreit ten hemel. Gevaarlijk! Dat maak je jezelf wijs uit gemakzucht. Niemand legt me een strobreed in de weg. De kinderen zijn schatjes. Ik leer hun Engels. Van de winter ga ik ze leren lezen.'

'Geen sprake van. Morgen vertrekken we naar de stad. Nu gaan we zéker!'

'Ik wil je niet tegenhouden,' besluit Patricia koeltjes, 'maar zelf kan ik vooreerst niet weg.'

Gezond koken. Schoon slapen. Dagelijks in bad. Engelse woorden als vitaminetabletjes, en binnen drie maanden, dat ligt er dik bovenop, een zondagsschool. 'Zo zou Richard het gewild hebben...' Bijbelbabbels en stichtelijke liedjes voor dit volk dat zijn eigen resten van oude wijsheid heeft...

De M'Edda staat machteloos en sprakeloos. Ze ziet Patricia naar de hutten verdwijnen, iets gedecideerds en bedillerigs in haar stap, dat er vroeger niet was. Ze denkt: misschien ben ík gek. Misschien heb ik werkelijk een beeld van deze mensen gesneden zoals het in míjn kraam te pas kwam. Misschien willen ze best opgevoed en gewassen worden. Onbevangen zielen volbrengen wel vaker spelenderwijs wat een zwartkijker niet aandurft. Wat gaat het míj aan? Patricia is een volwassen vrouw, ik heb haar gewaarschuwd. Als ze niet naar de stad wil moeten de hutten haar maar zoet houden van de winter; dan verveelt ze mij tenminste niet... Maar ze hoort de mannen weer spotten: M'Awirra, en herinnert zich de gereserveerde houding van Ilosja's man. Ze tracht Ilosja zelf uit te horen op een morgen bij de rivier. Ilosja zegt weinig, maar dat behoeft niet verontrustend te zijn. Mededeelzaamheid heeft nooit behoord tot het pact tussen de M'Edda en de nederzetting van Gharna.

Het pact tussen de M'Edda en de nederzetting van Gharna is langzaam gegroeid en nooit onder woorden gebracht; de basis is gelegd op de avond dat ze hier, stads en onwennig als later Patricia, op het terras stond, vóór zich de mannen van de stam, naast zich de makelaar die Gharna zou verkopen.

... De hoofdredacteur gaat met pensioen, zijn opvolger heeft Grace als ambitieus jongmaatje zien binnenkomen. Ze heeft geen hekel aan hem. Zijn inzichten zijn die van de nieuwe generatie, maar hij is bekwaam, en haar rubriek is populair: ze heeft weinig van hem te vrezen. Waarom dan weet ze, opeens, als de radiumwijzers van haar wekker op 2.47 staan, dat de maat vol is en ze ontslag moet nemen? Nauwelijks om de nieuwe chef, nauwelijks om Martin die ze nooit meer ziet, op de krant noch daarbuiten. Het is van Londen dat ze ontslag neemt, Londen waar het 2.47 is en nog niet stil. Steeds nog auto's die langs rijden, stilhouden, starten. Mensen die thuiskomen of gasten uitlaten, de lift zoemt, kranen lopen, haar huisgenoten hoesten of stommelen naar de badkamer, door de gordijnen schemeren altijd nog neonlichten. De hemel is erdoor verkleurd, sterren zijn nooit te zien. Soms hangt een maan boven de stad als een rekwisiet uit het verkeerde toneelstuk. Slapen is de moeite niet meer, even nog, dan rijden de eerste wagens naar de markten.

Ontslag van Londen. Ontslag van de huisgenoten, de aardige, hardwerkende, fidele vriendinnen: ze mogen de flat houden. Ze zijn tot tranen geroerd, evenals de scheidende hoofdredacteur, weet hij veel, hij praat over haar discrete solidariteit: beste Engelse stijl! Zijn vertedering komt van pas, hij bezorgt haar een vervroegd pensioen. Het is weinig, ze zal er nooit van kunnen leven tenzij het pensioenfonds wordt volgestort, maar waarmee?

Het is dan dat ze aan Gharna denkt, het huis dat ze geërfd heeft en sinds haar achtste jaar niet teruggezien.

87

Er is een koper voor, een rijkgeworden industriëel uit de naburige stad zoekt een zomerhuis. Zijn bod lijkt laag, het is in elk geval te laag voor het pensioenfonds. Ze vertrouwt de brieven van de makelaar niet en de consul laat doorschemeren: ze zou zelf moeten komen. Er is teveel veranderd in het land van haar kinderjaren. Sinds het geen Engels protectoraat meer is, worden er op een andere manier zaken gedaan. Ze gaat: verder weg van Londen dan ze zich ooit, in haar wanhoop van 2.47, heeft kunnen voorstellen.

Wat heeft ze als kind van Gharna gezien? Het terras, de tuin, de rivier? Als oude vrouw ziet ze nauwelijks méér na de jeeprit met de makelaar. Niet de oppervlakte, de omvang en staat van het perceel, het nadeel van de slechte toegangsweg, het voordeel van water-vlakbij, al de zakelijke aspecten die ze als gehaaide vrouw-van-de-wereld zou moeten zien, en waar de makelaar vaag of uitvoerig over doet, al naar het belang van de koper, met wie hij het allang op een akkoordje heeft gegooid. Wat ze ziet is de Stilte. De kolossale sterren boven het lage huis – eindelijk sterren inplaats van lichtreclames! –, het glooiende grasveld dat zich in weldadig, ongestoord donker verliest. Ze is onverwacht een tovercirkel binnengetreden, waarin het gladde geprat van de makelaar alleen maar stoort: hij moet verdwijnen! Op de rand van de cirkel: tien of twintig donkere koppen, de bergbewoners die sinds haar vaders laatste jaren op het terrein gehuisd hebben en op wie ze niet was voorbereid.

'Kwaadaardig tuig,' zegt de makelaar, met de afkeer van de stadsmens. 'Hebben geen enkel recht om hier te zijn. Ik trap ze eraf zodra de koop gesloten is.'

Maar er wordt geen koop gesloten. Niet nadat Grace door huis en tuin is gegaan, met een zaklantaren, en opnieuw bij daglicht. Niet nadat ze Eddur bezocht heeft. Eén van de weinige woorden uit haar kinderjaren, die in leven bleven: Eddur. Niet de rots met de roze ruïnes beantwoordt eraan, maar een stapel papieren waaruit haar vader, afwezig, een oud en half begrepen verhaal kon vertellen; naar die papieren grijpt ze pas veel later. Aan de stad Eddur bewaart ze geen herinnering (of toch? was hier de geit die haar nazat en wou stoten?): zo treft de burchtrots, waar ze uit curiositeit is heengereden, haar onverwacht en frontaal met al haar grandioze verlatenheid en het mysterie van haar overwoekerd verleden: *De afgewende stad*. Londen heeft het van Eddur verloren nog eer ze het zichzelf realiseert: op de horizon zakt het in elkaar als een bekoring voor een kruisteken.

Mrs. Borne gaat niet meer naar Engeland terug. De fidele vriendinnen regelen de laatste zaken voor haar. Hoe klein haar inkomsten ook zijn, op Gharna komt ze er van rond. Een schijnfunctie bij haar oude krant ruimt de deviezenproblemen uit de weg.

De makelaar krijgt de opbrengst van haar retourbiljet als vergoeding voor de percenten die hem ontgaan. Zijn laatste taak is die van tolk, want aanvankelijk is Mrs. Borne de bergtaal werkelijk vergeten. Ze heeft lang nagedacht over 'het kwaadaardig tuig', dat even weinig op haar komst is gesteld als zij op hun aanwezigheid.

'Als een ander dit huis koopt,' laat ze hun zeggen,

'drijft hij jullie weg. Niemand koopt het, zolang ík hier woon. Ik drijf niemand weg. Ik val niemand lastig. Leef met mij, zoals jullie met mijn vader geleefd hebt. Begrijp het goed, stuk voor stuk: mijn leven is jullie voordeel.'

Ze hebben het begrepen. Ze zijn nog steeds niet gesteld op haar komst, maar ze lijkt op de Wijze Man, en ze laat hen begaan. Heel langzaam groeit het ritueel: een vingerhoed koffie, een volzin Engels, een volzin in de landstaal, niet te vaak. Een boodschap, een voorraad gerst; soms kinine of jodium in ruil. Rovers: nooit. Wilde dieren: nooit. De stamleden houden hen weg. Haar leven is hun voordeel, maar hun leven ongetwijfeld het hare: zonder de nederzetting op de achtergrond had Grace Borne hier moeilijk kunnen blijven, zich moeilijk kunnen ontwikkelen tot de M'Edda van Gharna die geaccepteerd is bij alle stugge, wantrouwige, vechtgrage bewoners van het Eddurdal.

En in die mentaliteit zou ik me vergist hebben, vraagt Grace Borne zich hoofdschuddend af. Ze probeert Patricia iets duidelijk te maken van de traditie, van het eeuwig-précaire in de verhouding inlander-indringer. Pat geeuwt en gaat slapen. De M'Edda haalt de schouders op. Als dat mens slaagt met haar derderangs beschavingstrucjes, levert ze het bewijs dat de stam degenereert. Ze grijpt haar blocnote. Ze is op een hymne gestuit die ook uit jonger tijd bekend is, maar met interessante afwijkingen. Een hymne aan de Doodsgod.

O *Heer die rondwaart door de nacht: ontzie de moeder*
die in barensnood ligt.

O *Heer die rondwaart door de stormnacht: ontzie de*
moeder die in barensnood ligt.

Die loert op vermaak, ga het wijnhuis voorbij!

Die loert op verstand, betreed de raadzaal niet!

Laat het [worstelperk] met rust en het veld waar de
kinderen spelen.

De meisjes aan het weefgetouw, de jongemannen bij
rietfluit en lier, belaag hen niet.

O *Heer die rondwaart door de nacht: niet de besten,*
niet de krachtigsten!

O *Heer die rondwaart door de stormnacht: wie ziek en*
verlaten zijn, wees hun tot vriend!

Die op U wachten, neem ze mee!

Wier leven vervuld is, neem ze mee!

Wier leven mislukt is en geen nut meer heeft,

wier leven verduisterd is en die zeggen: ik ben hier
vreemd.

Ze kan achteraf niet nauwkeurig zeggen hoe lang ze
met haar doodshymne bezig is geweest voor ze beseft
dat Patricia nu ook 's avonds niet meer verschijnt. Het
kunnen twee dagen geweest zijn, maar ook drie; de
scherf was beschadigd en soms moeilijk te recon-
strueren. Wat haar het eerste opvalt is niet, dat er geen
warme maaltijden voor haar neus verschijnen: als ze in
haar werk verdiept is weet ze niet wat ze eet. Waarschijnlijk heeft ze gerstebrood in de keuken gevonden,
ze kan het zich later niet herinneren. Wat haar opvalt is
iets oudvertrouwds dat ze zich pas realiseert als ze de

hymne opzij heeft geschoven: het knarst weer als vroeger onder haar voeten, er is in dagen niet geveegd. Pat heeft haar actieterrein terdege verschoven! In de keuken staan haar eigen vuile kop en schotel, verder niets. Als vroeger, maar tegelijk nu toch vaag alarmerend. Ze overwint haar afkeer en loopt naar Patricia's slaapkamer, waar het naar stad en ziekenhuis placht te ruiken. Nu ruikt het er muf, en het bed is onbeslapen. Ze kijkt naar de tafel. Als er eens een afscheidsbriefje lag, als het mens eens tegen alle waarschijnlijkheid was vertrokken... Er ligt een borstel met haren erin, het tegendeel van een briefje; en aan een stoel hangt ten overvloede Patricia's tas met geld en papieren.

Dwaasheid om ongerust te zijn, maar de M'Edda is al op weg naar de hut van Ilosja. Ilosja weet niets. Ilosja begrijpt niets. Ilosja's onwetendheid lijkt een nuance te nadrukkelijk, en ze vergat haar glimlach. Maar eenmaal buiten vergeet de M'Edda Ilosja, want daar is de steen in de rivier, waar Patricia bangelijk water placht te putten voor haar hinderlijk gegiet. Naast de steen steekt de tuit van de zinken gieter omhoog, die daar is vastgeraakt.

Een tuit is geen bewijs, maar de M'Edda weet op dat ogenblik wat er gebeurd is; of wist ze het eigenlijk niet al eerder?

Weten is nog geen geloven. Geloven doet ze het onheil pas 's avonds als ze keer op keer het erf heeft afgezocht tot een stortbui elke gedachte aan Patricia's vrijwillige uithuizigheid wegwist, en tegelijk elk mogelijk spoor.

De M'Edda zit in haar onverlichte huis, verbijsterd, niet in staat om te denken. Paniek heeft Patricia gewekt bij haar onverwachte komst, paniek laat zij achter bij haar onverwachte aftocht. Ik kan het niet helpen, herhaalt de M'Edda voor zich heen. Ik heb haar hier niet naar toe gehaald. Ik heb haar gewaarschuwd. Op alle manieren heb ik haar gewaarschuwd. We waren al weg geweest zonder haar vervloekte koppigheid. Ik hoef me niet schuldig te voelen. Ik kan het niet helpen.

Ze voelt zich wél schuldig, natuurlijk. Ze heeft Patricia niet tegengehouden bij haar beschavingsmanie. Ze heeft haar niet tegengehouden omdat ze haar kwijt wilde zijn. Ze zag Patricia als het er op aankwam nog liever dood dan om zich heen. Ze heeft haar zin. Ik kan het niet helpen, ik kan het niet helpen.

Het is de whisky die haar ten slotte bij haar positieven terugbrengt, of liever de whiskyfles. Hij is leeg. Ze brengt er ieder voorjaar één mee uit de stad, voor noodgevallen; als de vorige tenminste was aangesproken. Deze was niet aangesproken, niet door haar. De ethische Patricia heeft hem in stilte leeggedronken. De ergernis laait meteen weer op in Grace en dringt de paniek opzij. De indringster. De bemoeial. Schei uit met je sentimentaliteit. Dit mens maakte je leven onverdragelijk. Je was haar nooit meer kwijtgeraakt. Het vuile werk is je uit handen genomen.

Laat op de avond loopt de M'Edda, voor het eerst van haar leven, het mannenverblijf van de stam binnen. Een lage, rokerige ruimte, meer gestalten dan ze vermoed had. Met vrouwen en kinderen erbij moeten er minstens zestig mensen wonen op haar terrein, een heel dorp. Het maakt haar plotseling bang.

'U hebt gehoord dat de vreemde vrouw is verdwenen. Ik vond mijn gieter in de rivier. De vreemde vrouw moet de riviergeest beledigd hebben. Hij
heeft haar opgeëist, zodat ze is uitgegleden en verdronken. Het is een groot ongeluk. Ik vraag de stamoudste wat we moeten doen.'

'Bidden,' zegt de stamoudste door een filter van
snorren. 'Uw smart is onze smart. Bidden dat haar ziel
in een passend lichaam terugkeert.'

Later zal de M'Edda zich de dubbelzinnigheid van
die woorden realiseren met een vluchtige glimlach: in
de ogen van de stam kan er maar één passend lichaam
zijn voor de ziel van deze M'Awirra. Op dit ogenblik
zoekt ze te ingespannen naar de juiste woorden. Patricia was veel te zorgvuldig, veel te vast ter been, om zo-
maar uit te glijden; maar als nu de M'Edda ook maar
een schijn van twijfel wekt, glijdt ze morgen zelf. Ze
buigt het hoofd.

'Ik dank u,' zegt ze. 'Bidden is de eerste taak. Wat
ziet de stamoudste als tweede taak? Weet hij wat er ge-
beurt als een Britse onderdaan verdwenen is? Vroeg of
laat wordt het lijk gevonden. Dan komen er onderzoe-
kingen, ondervragingen; zelfs arrestaties zijn mogelijk.
Ik vraag de oudste of het niet beter is, zelf aangifte van
haar dood te doen. De oudste weet hoe ze zijn, de
mensen uit de stad.'

'De regens komen,' zegt de stamoudste, en beschouwt het onderhoud als beëindigd.

'De regens komen,' bevestigt de M'Edda aan-
vaardend. 'Maar de vreemde vrouw kan gevonden

worden vóór we van de buitenwereld zijn afgesloten.'

Een redelijke veronderstelling: die nacht slaapt er niemand op Gharna. Gestommel en gesjouw vanuit het dorp bevestigt het vermoeden van de M'Edda dat haar schoonzuster wel degelijk gestuit is op zaken die haar niet aangingen. Ten slotte slingert de landsgrens zich geen dagreis ver door de bergen. Het dringt tot de oude vrouw door, dat ze het voorbeeld dient te volgen. In de eerste schemering brengt ze alle kleitafels die ze in huis heeft naar de burchtrots terug. Juist op tijd. Terug-rijdend onder een loodgrijze lucht hoort ze de jeep uit de stad komen. Ze zijn verbaasd als ze haar zien, de man van de vreemdelingenpolitie, de man van het con-sulaat. Ze dachten dat zij het was, die ze gevonden hadden tegen een brugpijler: de enige Europese vrouw uit het bergland, een legende, bijna niemand die de kluizenaarster persoonlijk nog kent. Na uren inspectie en ondervraging nemen ze Mrs. Borne mee naar de stad om het lijk te identificeren. Het regent terwijl de formaliteiten worden afgedaan. Het stortregent terwijl Patricia op het Engelse kerkhof begraven wordt. Als al-les geregeld is, zijn zelfs de bergpaden naar Gharna on-begaanbaar geworden.

De oude Mrs. Borne heeft de knip geschoven op de deur van haar hotelkamer en zit op de grond voor zich uit te staren. Zo zitten wijsgeren als ze nadenken, maar Mrs. Borne denkt niet na, ze is versteend tot in haar hersenen. De dood van Patricia, het opgezwollen verdronken gezicht – meer dan ooit een volgezogen spons –, de vraag, in hoeverre zij zelf er schuldig aan is: alles zinkt in het niet naast de laatste poets die de indringster haar gebakken heeft. Een winter in de stad. Een winter boordevol mensen, lichten, lawaai, vooral lawaai. Onder haar raam spoedt een dubbele rij auto's zich in twee richtingen voort, dag en nacht, met brullende motoren en onophoudelijk getoeter. De stad is niet eens zo groot en heeft een provinciaal karakter bewaard. Mannen met ezels of geiten wringen zich door het verkeer, of mannen met torens van kisten en tonnen op de rug; gedeukte bussen uit de omtrek voeren vrouwen aan met het wonderlijkste pluimvee. Landelijk en beperkt; maar gemeten in decibels is Londen een mummelend bejaardenhuis, vergeleken bij dit gedwongen winterverblijf van Mrs. Borne. Ze is begonnen met ramen, gordijnen en oren te sluiten. Het hielp niet. Nu verzet ze zich niet langer, en laat het lawaai over zich heen gaan als een zieke de pijn. Ze zit op de grond en staart, geen wijsgeer, een gevangen roofvogel die enkel zijn verloren gebergte voor zich ziet, zijn nest, zijn ruimte, zijn vrijheid.

Er moeten een paar dagen verstreken zijn als het tot haar doordringt dat er op de deur wordt geklopt, en niet voor het eerst. Ze opent. De hoteleigenaar is bang dat ze dood is. Hij heeft de consul gehaald. De consul weet geen raad met de excentrieke Mrs. Borne, die het geld niet heeft voor drie maanden in een hotel, maar botweg het logies geweigerd heeft, dat landgenoten haar hartelijk hebben aangeboden.

De hoteleigenaar weet evenmin raad met deze gast. Zijn hotel is berekend op Europeanen of Europeanisten. Dit wezen mag Brits zijn, geleerd en een diplomatendochter, het gedraagt zich als een inheemse. Haar kleren horen in de bergen thuis, en zijn bovendien verschoten en stuk. De hotelmenu's raakt ze niet aan, haar kamer stinkt, het is meer dan waarschijnlijk dat ze ongedierte heeft. De gedachte dat ze in de lounge zou kunnen komen, waar op dit moment dan wel geen ijsdrank-nippende prentkaartschrijvers rondhangen, maar des te meer gewichtige contractafsluiters – werkt verkillend op de hoteleigenaar. Op de M'Edda trouwens ook. Eenmaal uit haar verdoving gewekt, beseft ze dat ze weg moet uit dit gebouw, en snel. Geen mens loopt er rond die haar niet met intense afschuw vervult, ze wordt verkouden van air-conditioning en gek van het lawaai. Er moeten ook stillere straten zijn. En bergbewoners; om den brode naar de stad getrokken, maar zwijgzame bannelingen, als zij.

Ze vindt ze over de rivier in een verzakt houten huis met houten tralievensters en een vervallen tuin: bewoners van het Eddur-dal, ze nemen haar op omdat ze hun taal spreekt, ze kennen haar zelfs van horenzeggen en rekenen haar voor, niet wat ze hun betalen moet – gasten betalen niet – maar hoe lang ze zal moeten blijven, bijna tot op de dag. Zóveel manen maar, zeggen ze, met iets van afgunst, want moeten ze zelf niet langer blijven? Hun realisme geeft haar een zekere berusting, de stilte en vooral de primitiviteit van hun behuizing stellen haar op haar gemak. Weinig meubels, geen waterleiding, geen licht dan een kaars, geen vuur dan een pot met houtskool. Als ze weer aan het werk is gegaan koopt ze een petroleumlamp, precies zo één als thuis.

Als ze weer aan het werk is gegaan: die dag komt. Op Gharna al heeft ze gerekend met de mogelijkheid dat ze niet meer weg zou komen als ze Patricia eenmaal in het vliegtuig of in de Engelse kolonie had opgeborgen. Ze had ingezien dat er maar één manier was om die winter te doorstaan en hem zelfs een nuttige inhoud te verschaffen: 's nachts in een huis als dit, en overdag op het museum. Zo heeft ze het Patricia zelfs voorgespiegeld, bij haar vergeefse aanmaningen tot koffers-pakken: jij tussen je landgenoten, ik tussen mijn kleitafels. Patricia is op het voorstel ingegaan, tenslotte, al zijn de landgenoten een stuk zwijgzamer dan ze zich gewenst zou hebben; het wordt tijd dat ook Grace haar onderdeel van het plan waarmaakt...

Het museum waar haar vader zijn tijd doorbracht; zijn tijd verdeed, zei haar moeder. Het woord is altijd nog geladen met vijandigheid zoals het woord kroeg voor een dronkenmans-kind. Heeft ze het gebouw daarom steeds vermeden bij haar jaarlijkse bliksembe-zoeken, waarin ze voortjoeg van bank naar warenhuis naar expeditiekantoor en gauw, gauw weer naar Gharna? Heeft ze daarom ook nu weer dagen nodig eer ze zich op kan maken erheen te gaan, en is het daarom dat ze het nauwelijks herkent: lichte galerijen, vondsten, voortreffelijk in vitrines geordend, een ruime systematische bibliotheek – in plaats van het muffe hol dat ze zich uit haar kinderjaren meende te herinneren?

Het museum dankt zijn wereldfaam aan de barbaren die over de bergen kwamen en Eddur verwoestten: natuurlijk, op de eerste plaats dáárom heeft de M'Edda het links laten liggen. De barbaren gaan haar niet aan, behalve dat ze haar vijanden zijn en de cultuur verstoorden die haar eigen werkterrein vormt. Ze houdt haar geheim stevig vast terwijl ze de zalen doorgaat met de conservator, die haar vader nog gekend heeft, en de archeoloog, die hier gestationeerd is. De conservator kan niet veel meer geweest zijn dan assistent, indertijd, of misschien suppoost. Toen zijn land onafhankelijk werd klom hij omhoog, maar weten doet hij weinig. Het is duidelijk dat de reorganisatie vooral door de ander is verricht; want dat Grace het gebouw van haar jeugd niet herkent, blijkt zijn goede reden te hebben.

De archeoloog is een Amerikaan, met het kapitaal en het grote gebaar van zijn land en universiteit achter zich, maar zonder de dikhuidige jovialiteit waarmee zij in haar journalistentijd zoveel te maken heeft gehad. Daarvoor is hij teveel wetenschapsman, de afmetingen van het verleden, waaraan hij zijn hart heeft verpand, en van de raadselen, waarvoor hij gesteld wordt, moeten hem bescheiden hebben gemaakt. Vergeleken bij haar eigen raadselen maken de zijne niet veel indruk op haar: de jongeman is vervuld van een barbarenkoninkje uit de zevende eeuw, dat van hieruit zijn splinterrijkje bestierde. Gisteren, denkt de M'Edda met een toegevende glimlach. De zevende eeuw – zelfs die vóór Christus – kan ze eigenlijk niet goed als geschiedenis beschouwen. Het is bijna tweeduizend jaar te laat. Van de zevende eeuw weten we alles al. Zelfs Europa kon in die dagen lezen en schrijven. Ze bekijkt geduldig zijn vondsten, de aanwinsten waarmee zijn universiteit de bibliotheek verrijkt heeft, zijn publikaties die hij niet laten kan haar te vertonen, met de verlegen trots van een kleine jongen. Want de archeoloog mag dan wat verbaasd zijn over de emotionele houding die de bezoekster inneemt ten opzichte van deze noord-cultuur – 'barbaren' nog wel!! –, hij is nog verbaasder over de kennis die zij aan de dag legt: binnen een half uur zijn zij in een vakgesprek gewikkeld, hun afwijkende uitgangspunten ten spijt; het wonderlijk soort gesprekken waarin men over de tijdsspanne tussen de gebeurtenissen-toen en de opgravingen-thans heen en weer springt als over een onbelangrijke greppel: 'Verleden week kwam ik toch een raar soort bestuursambtenaar tegen, nee, niet uit mijn tijd, een drie eeuwen vroeger, die had de gewoonte om ieder rekest te beantwoorden met...' Een tekentje wordt op een kladblaadje geschetst. 'Aha, niet erg beleefd, ik ben het in vonnissen tegengekomen, het komt neer op: ruk in.' 'Althans op: afgewezen. Te licht bevonden. Het is het teken voor een korenwan.' 'Ik zou zeggen: voor een steenslinger.' (Dat is de M'Edda dan weer, die nooit iets van wannen gemerkt heeft in Eddur, maar van geslingerde stenen des te meer.) Het gemak waarmee ze teksten ontcijferen imponeert hen over en weer, en beperkt tevens de omvang van hun gesprekken: het is duidelijk dat ze iets beters te doen hebben dan praten.

Beelden, sieraden, vaatwerk, het staat keurig uitgestald en men kan er gekleurde prentbriefkaarten van kopen; maar de grootste schat van het museum is de koninklijke bibliotheek uit de nadagen van het noordrijk – de periode van de archeoloog –, een paar honderd kleitafels die weinig beschadigd uit de grond kwamen, na de laatste wereldoorlog. De M'Edda verdiept er zich in, aanvankelijk vooral om de Amerikaan een plezier te doen. Op vondsten uit veel oudere tijd kan het museum trouwens toch niet bogen: toen was er hier nog niets, zegt de Amerikaan naïef. De M'Edda denkt aan het opzien dat haar eigen vondsten straks zullen baren, en heeft voor het eerst sinds haar ballingschap plezier.

Ze krijgt de beschikking over een rommelig kamertje dat grenst aan de museumbibliotheek, daar trekt ze nu dagelijks heen uit haar kille huis over de rivier, en de straatventers en politiemannen wennen aan haar zoals de boeren en herders uit het Eddurdal aan haar wennen: een oude vrouw die op noch om kijkt, haveloos onder een ouderwetse mannenparaplu.

Het spreekt vanzelf dat de jonge archeoloog aan haar verschijning geen aanstoot neemt; wel wat aanstoot neemt hij aan haar geringschatting voor zijn eeuw, die ze niet helemaal weet te verbergen. Daarom tast hij onvermoeibaar teksten en tijdschriften voor haar op, die aan kunnen tonen hoe belangrijk de tijd van zijn koninkje wel was, een ware renaissance, waarin de oude culturen nog eenmaal werden samengevat en hun laatste bloei beleefden. De opgegraven bibliotheek bewijst het: ze bevat teksten die uit veel vroegere bronnen bekend zijn, en andere, die de kenmerken van hoge ouderdom vertonen zonder dat hun vroegere bronnen zijn teruggevonden; tot in hun antikiserende woordkeus toe.

De zevende eeuw als doorgeefluik, zoals middeleeuwse kloosters de antieke schrijvers voor ons bewaarden: in die functie krijgt de hobby van de archeoloog toch waarde voor de M'Edda. Een nieuwe fase breekt aan in hun wetenschappelijk contact. De jonge Amerikaan verbaast zich meer en meer over de oude vrouw uit de bergen. Het is goed te merken dat ze haar kennis aan de verouderde boeken van haar vader ontleent, want ze vertoont hiaten die een systematische studie aan een universiteit zou hebben opgevuld. Hij is gevormd in en door een kring van gelijkgerichte specialisten, hij kan niet begrijpen hoe een mens dermate van zijn vak vervuld kan zijn, en zich tegelijk zo volledig van collega's en bovenal: van hun publikaties, kan afwenden. De ondergrond van Mrs. Borne is die van een goede amateur vóór de Eerste Wereldoorlog. Haar woordenboeken schijnen van recenter datum te zijn; maar van de vondsten uit de laatste vijftien jaar weet ze niets. Zo zegt ze, maar daar wringt de schoen hem het meest: ze weet dingen die ze niet weten kán. Woordafleidingen, tekstvarianten, die pas onlangs bekend zijn geworden... Haar intuïtie moet aan helderziendheid grenzen... of ze weet meer dan ze zegt. Intuïtie, intuïtie, verzekert de M'Edda, en laat hem puzzelen. Haar belangstelling voor zijn 'renaissance' is nu wezenlijk ge-wekt. Wie weet wat de schrijvers uit de tijd van het ko-ninkje onthouden hebben van de Eddur-traditie. De burchttrots was weliswaar sinds eeuwen en eeuwen ver-laten in hun tijd, maar taal, schrift en religie hadden hun voorouders ten slotte in grote lijnen overgenomen van de oerbevolking.

Zo krijgt de winter toch nog een vorm die niet al te veel van andere winters lijkt te verschillen. Een bureau vol paperassen, een kring van lamplicht – elektrisch dan wel – rond een kleitafeltje. Een roffel van regen op het dak, en van tijd tot tijd een paar volzinnen van de archeoloog, die het ontegenzeggelijk winnen van Mirres oudemannenpraat of het stug gemompel van Ilosja. Er zijn dagen dat Grace het drama van Patricia volledig vergeet; ook op minder fortuinlijke dagen trouwens weet ze de herinnering aan haar schoonzuster van zich af te zetten. Haar komst toen de jasmijn bloei-de, haar botte opdringerigheid toen het zomer was, wegen zwaarder dan haar dood in de herfst, waar de M'Edda met dit verplichte verblijf in de stad duur ge-noeg voor betaald heeft. Daarmee is Patricia tot het verleden gaan horen, zoals Richard en Martin en alles wat Londen betreft tot het verleden horen. Actueel is enkel Eddur, vierduizend jaar oud.

Als Grace Borne, na een week of drie, de eerste parallel met haar eigen teksten vindt, is ze alleen aangenaam verrast. Het betreft een klacht op de dood van de Zon-negod, die ze als een van de hoogtepunten van de Ed-dur-poëzie beschouwde. Hij komt niet enkel in het op-

gegraven kleitafel-bibliotheekje voor, haar eigen archeoloog heeft hem gepubliceerd en in het commentaar nog
naar zes andere bronnen verwezen, alle ouder, alle afkomstig uit het uiterste zuiden, dat nu een woestijn is,
maar waar toen het oudst-bekende heiligdom van deze
zonnegod heeft gestaan. Geen bron is zo oud als de
hare, denkt ze voldaan. Ze denkt het opnieuw als ze de
klacht van de Grote Moeder terugvindt onder soortge-
lijke omstandigheden. In de loop van de volgende
maand komt het grootste deel van de Eddur-poëzie aan
het licht, alles uit bronnen van hooguit de dertiende
eeuw. Het wordt wat van het goede teveel, straks blijft
er van haar grote primeur alleen de veel hogere ouderdom over, en het door niemand vermoede ontstaan van
deze teksten in het hoge noorden.

Of... blijft ook dat niet? De nachten zijn rechtszit-
tingen voor Mrs. Borne. Waar overdag geen tijd voor
is, wat overdag met succes wordt weggedrukt, stelt zich
met grote helderheid voor haar op als ze wakker in bed
ligt. Ze begint met te denken: was ik Mirre maar. Mirre kent geen onzekerheid, Mirre had zijn oplossing
klaarliggen: zó machtig was de invloed van Eddur, zó
ver strekte onze beschaving zich uit. Vermoedelijk zou
hij zich op slag uit zijn vorig leven een aantal zende-
lingen herinneren, die de dienst van de Zonnegod en de
Grote Moeder in het verre zuiden gingen preken.

Wat ík me herinner, denkt Mrs. Borne, zijn knipper-
lichten waar ik nooit naar heb willen kijken. Parallellen
met bijbelse psalmen en bijbelse profeten, zelfs Patricia
werd er door getroffen; maar parallellen waar ander-
halfduizend jaar tussenligt...? Het zondvloedverhaal, let-

terlijk gelijk aan een overlevering van vijfhonderd jaar later. Het gebed tot de Doodsgod, met varianten, niet ouder dan de bekende versie, maar veel jonger: sommige staan opnieuw in het klei-bibliotheekje van de Amerikaan.

En de taal, denkt Mrs. Borne onverbiddelijk. De taal van de Eddur-teksten. Vergeleken bij wat ik hier op klei en in druk zie, is hij niet oud genoeg. De letterkunde van dit gebied heeft zich eeuw in eeuw uit van dezelfde woorden en versvormen bediend, en van hetzelfde schrift; maar voor teksten van vierduizend jaar oud zijn die van Eddur te glad, te gaaf, te eenvoudig. Zeker voor wie in Eddur een bakermat zou willen zien. Ik heb te geïsoleerd zitten werken. Waar baseer ik de uitzonderlijke ouderdom van Eddur eigenlijk op? Op het epos dat mijn vader vertaalde en toelichtte, maar wie was mijn vader? Een halfbakken diplomaat. Een leek.

Het duurt een paar dagen voor ze de archeoloog op de man af zijn mening over het werk van haar vader kan vragen; ondergronds heeft ze allang gevoeld dat die mening niet hoog was. In de tussentijd zoekt ze naar meer aan tijd gebonden parallellen. Psalmen en hymnen kunnen een eeuwenlang leven hebben; verdragen en handelsovereenkomsten niet. Haar onderzoek wordt bemoeilijkt door haar handen, die op een vreemde manier zijn gaan trillen: ze durft de broze kleitafels nauwelijks optillen. Niettemin stuit ze op een contract over huurlingen en wapens dat zich, voor zover ze zich kan herinneren: letterlijk, dekt met een contract dat ze in Eddur gevonden heeft. Het werd niet, zoals ze heeft aangenomen, afgesloten tussen de heerser van Eddur en een garnizoenscommandant, maar tussen het koninkje in het dal en een garnizoenscommandant. De garnizoenscommandant van Eddur, vijftienhonderd jaar later dan ze gedacht had.

Ze vraagt niet rechtstreeks naar haar vader, ten slotte. Ze vraagt of men zich sinds zijn publikatie ooit nog met Eddur heeft beziggehouden. De Amerikaan heeft juist de toegeeflijke glimlach die ze verwachtte. Hij heeft het onderwerp kennelijk uit discretie ontweken; nu komt hij met een paar artikelen.

De amateurstheorie uit 1910, die de 'Stad gedoopt in zonsondergang' uit het bekende epos van de Emra-tafels identificeerde met de ruïnes van het huidige Eddur, wordt al sinds jaren niet meer gevolgd. Het is bewezen dat de veroveraars, die later het noordrijk zouden vormen, uit meer westelijke richting zijn binnengedrongen, dat wil dus zeggen: door heel andere dalen, waar rode granietformaties nog heden op de zonsondergangsverbeelding werken. Het is wel zeker dat het bergland in die tijd nog niet was bewoond, zodat de beschreven veldslagen en belegeringen tot de gebruikelijke bluf van de volksverhuizingsepiek gerekend moeten worden. Wat de vesting betreft, die thans Eddur genoemd wordt, die laat zich gemakkelijk herkennen als een grenspost van het zevende-eeuwse koninkrijk dat zich in het noordelijk laagland staande hield, en waar de Amerikaanse archeoloog zo goed van op de hoogte is. Toen ze haar militaire betekenis verloor werd ze verlaten, zo werd ze tot 'Afgewende stad'.

De M'Edda kan het allemaal lezen, en ze leest het ook, zwart op wit, zwart op wit. De oudste aanval op haar vaders theorie werd gepubliceerd in het jaar dat ze met Richard trouwde. Toen leefde hij nog, heeft hij het artikel nooit onder ogen gehad, zoals zij, of heeft hij het verscheurd om zijn droom voort te kunnen dromen? De M'Edda kan niet verscheuren, er valt niets meer te verscheuren, ze leest en leest tot ze naar buiten loopt en doornat wordt, want haar mannenparaplu heeft ze in het museum laten staan. Drie weken later staat hij er nog, want ze komt niet meer terug. De jonge Amerikaan gaat hem ten slotte brengen. Hij heeft alle moeite haar te vinden in de wirwar van vervallen huizen over de rivier, en als hij ten slotte bij haar binnenkomt, schrikt hij.

'Het gaat toch wel goed met u?' vraagt hij een paar maal, want het is duidelijk dat het helemaal niet goed gaat. 'Uitstekend,' verzekert de M'Edda, krom van de kramp die haar maag opnieuw in de tang heeft genomen. Hij hoopt dat ze dan spoedig weer terugkomt op het museum, hij heeft haar gemist! De winter loopt al op zijn eind, en het is nuttig, zich van de nieuwste publikaties op de hoogte te stellen, eer men zich terugtrekt op een zomerverblijf dat, nu ja, een tikje geïsoleerd ligt. Een 'understatement' om te onthouden. De M'Edda verklaart — wat moeilijk, omdat ze zo krom zit —: ze heeft zich voldoende op de hoogte gesteld, ze is klaar, maar ze zal afscheid komen nemen eer ze weggaat.

Wat ze niet doet. Ze is niet als de Grote Moeder, die vrijwillig de hel introk om haar kind terug te halen. Het kind van de M'Edda is niet te verlossen uit de hel van de realiteit, omdat het nooit heeft bestaan. De Grote Moeder van Eddur, laat me niet lachen! Een afleggertje van een oude cultus uit afgelegen streken, door een volijverige garnizoensaalmoezenier naar een grensvesting gesleept. In de zevende eeuw! Provinciale afschriften uit een volstrekt onbelangrijke, recente vervaltijd: dat is waaraan ze haar leven gewijd heeft.

Later, als de kramp verflauwt, en ze door het smalle raam naar de drijfnatte tuin staart, denkt ze vluchtig: ze had de hele rotzooi net zo goed meteen aan die Amerikaanse kleuter kunnen overdragen, bij wijze van afscheidscadeautje. Een pakje kauwgum, dat hem nog gesmaakt zou hebben ook: zijn aspiraties reikten niet verder. Maar ze weet: zo goedgeefs kan ze niet zijn. Wie zweeg over Eddur in zijn glorie, hoe kan hij spreken over een ontluisterd Eddur?

Smart is over 't land als een stortvloed neergeregend.
Smart is over 't land als een stormwind heengeblazen.
Als in een huis waar droefheid heerst – zo zit ik neer
in tranen.
Als in een huis waar de dood binnenging – zo weet ik
mij geen raad meer.

Spreken over een ontluisterd Eddur is meer dan het prijsgeven van een illusie, meer dan het bekennen van een wetenschappelijke vergissing. De vergissing van een heel leven hangt eraan. Zich bijna tweeduizend jaar op iets verkijken kan alleen wie alle banden met de samenleving heeft afgekapt. Wie tot iedere prijs alléén wil werken. Wie zich zelfs de vraag niet stelt, wat anderen in die tussentijd gevonden en gedacht zouden kunnen hebben. Ze hoort opeens Patricia weer over cellen in één organisme. De cel die niet meefunctioneert sterft af. Dat er waarheden schuil gingen in de cliché-modder van Patricia's hersens, heeft ze nooit bewust ontkend. Dat haar leven nu op zo'n waarheid schipbreuk dreigt te lijden, is onverdragelijk.

Er komen droge uren, er komt meer blauw in de lucht, de regentijd raakt gedaan. Haar gastheer raadt haar aan, een week te wachten, maar ze vertrekt. Het vervoer stagneert, de winterschade aan de rijweg is nog niet hersteld, het dal is nog niet drooggevallen, op de bergpaden ligt plaatselijk nog sneeuw. Vier dagen heeft ze nodig, ze raakt verkleumd, uitgeput, koortsig. Ze moet direct haar bed in als ze eindelijk haar huis bereikt, dat groen ziet van de schimmel en vol muizen zit. De terugkeer naar een Gharna zonder Eddur.

'De sleutel van uw lofzang zal de dag ontsluiten,' heeft een prediker tot het bergvolk gezegd, in de tijd dat er nog predikers waren. Weer zijn het de vogels die de dag ontsluiten op Gharna: weer is het lente. De oude vrouw hoort de eerste schorre kreten, de eerste juichtonen, dan de vuurpijlen van klank, en ze denkt dat wat haar betreft de dag gesloten had mogen blijven. Iedere morgen geeft haar de associatie met de batterijradio waar Mirres opvolger de burchtrots mee verpest, en ze denkt vermoeid: ik zou die vogels áf willen zetten.

Vroeg opstaan, de tuin inlopen, waarom? Het is er kil, en met het zinloze gejubel heeft ze niets te maken, het hoort in een onverschillige wereld thuis waaraan ze part noch deel heeft. Wegsluipen om Patricia te ontwijken is ook niet langer nodig.

De schoonzuster die ze nauwelijks betreurd of herdacht heeft in de stad, stond haar op te wachten bij haar thuiskomst, vele malen levensgroot. Op Gharna is Patricia nooit en nergens afwezig. Ze stoft door de kamers, ze sloft over het terras, ze sjouwt door de tuin met een hark of een snoeimes, en bij voorkeur met gieters. 's Nachts staat ze aan het voeteneind of zit ze op een stoel – hoor maar, hij kraakt – en zwijgen doet ze nooit. Vijfduizend kilometer vloog ik, ik die zo bang voor reizen ben, vijfduizend kilometer om voor je te zorgen, en hoe verzorgde je mij? Vijfduizend kilometer om je uit je ziekelijke isolement te halen en kijk waar het ons gebracht heeft, dat isolement: mij in het water en jou in de mist. Als je geluisterd had, zegt Patricia, was het zover niet gekomen. Dan lag ík niet te verrotten. Dan zat jij niet tussen de scherven van een verleden dat nooit heeft bestaan.

Waarschijnlijk zou ze zoiets nooit gezegd hebben, Patricia, en dat is het ergste. Ze had het niet eens gedacht. Over kleine onachtzaamheden kon ze pruilen, voor de grote was haar verstand te beperkt, die zag ze niet; of ze bestreed ze met een kop thee. Tijdens de eerste regenweken, toen de M'Edda zich de stad in gelokt voelde als in een hinderlaag, en tegen haar tralies opvloog als een opstandig dier, heeft ze gedacht: ik mag lijden dat ze gezien heeft wie haar het water induwde. Dan is haar laatste besef geweest: dat ik gelijk had. Dat ze het slachtoffer van haar eigen bemoeizucht geworden is.

Ze denkt het al lang niet meer. Waarom wensen dat Patricia haar eigen zinneloosheid besefte? Het bergvolk beschaven! De M'Edda ziet maar één doel dat het in zinneloosheid nog ruimschoots wint: Eddur ontdekken. Twee imaginaire levenstaken, ingegeven en begeleid door ééñzelfde eigenwijze onwetendheid. Laat Pat als martelares gestorven zijn, laat ze zich het verheerlijkt slachtoffer geweten hebben van haar hulpvaardigheid voor een gekke schoonzuster en vervuilde inboorlingen. Elke andere wens vloeit voort uit wraakzucht. Of uit jaloezie: de bruine rivier heeft zich over de verkeerde ontfermd.

De zon wordt warmer, de bloemen gaan open, de een na de ander, de tuin loopt vol geuren. De oude vrouw zoekt de schaduw van de vijg, die even oud is als zij, even kwijnend. Als ze geen pijn heeft drentelt ze wel eens rond, op zoek naar haar ontroering van vorige lentes. Dit is wat bleef: de kleine groene levens van het grasveld, de gele geur van de lijsterbes, de tempelstraat van rode kelken; en boven haar hoofd de witte wolksverhuizing, eeuw in eeuw uit. Verbondenheid met de kastanje? Ze heeft geen moed om naar boven te klimmen. De vluchtige boodschap van de rivier? Ze heeft geen moed om bij de oever stil te staan. Er is niets veranderd – maar ze is buitengesloten. Ook de burchtrots van Eddur is als altijd, behalve dat Mirre die winter gestorven is en opgevolgd werd door een slungel uit de stad. Driftige bloemtrossen bedekken opnieuw de zuilstompen. Achter het dal rijzen dezelfde naakte bergen omhoog naar dezelfde witte kroonlijst. Grandioos. Een grandioos decor, zoals Gharna een lieflijk decor is – voor een spel dat niet bestaat. Een verwaarloosde tuin. Een rots met nietszeggende stenen. Zo heeft Patricia ze gezien – en ze zag goed. Ze heeft zich omgedraaid naar andere dingen, banale dingen, maar die zin hadden: stoffers, tobbes, fornuizen. Grace denkt aan de soep die Patricia uit het niets te voorschijn zou toveren; haar maagpijn wordt een steeds trouwere metgezel. Ze denkt aan het vuur dat Patricia in de haard zou ontsteken; ze heeft het dikwijls koud. Ze denkt aan Pats onveranderlijke goede humeur – en tegelijk aan de whiskyfles, in stilte leeggedronken: wat moet de vrouw ongelukkig geweest zijn op Gharna. Haalde ze ook zichzelf omhoog met de onuitputtelijke voorraad Londense verhalen waarmee ze Grace placht af te leiden? Afleiden van levenswerk was hinderlijk. Afleiden van pijn lijkt een zegen. De oude vrouw van Gharna realiseert zich dat ze haar schoonzuster mist.

Ze heeft niets anders meer. Het volk van de nederzetting houdt zich, na het ongeluk met Patricia, verder op een afstand dan ooit. De hond Maj zwerft weken lang door de bergen; ze heeft hem trouwens nooit gemogen. En wat het voorjaar betreft, dat zal bloeien en zingen, om het even of ze leeft of sterft. Ze is alleen: jaren lang een uitverkiezing, nu een vonnis.

Wat stond haar dan toch tegen in Patricia? Ze vindt alleen futiliteiten. Het moet de rol geweest zijn die de vrouw vervulde zonder dat ze er zichzelf van bewust was: ze kwam als afgezante van een wereld die geen desertie verdroeg. De wereld die ons voortbrengt, ons voedt en ons vormt, neemt wraak op afvalligen; en steeds is zij het, die aan het langste eind trekt. In deze weken erkent de M'Edda, stukje bij beetje, haar nederlaag. Haar levensdoel is haar afgenomen. Haar gezondheid begeeft het – en daarachter ligt niets meer. Ze dacht dat ze over een voorraadkamer beschikte. De kamer is leeg. Daarom is ook de eenzaamheid niet langer te dragen.

Half wakker, half slapend, laat ze haar geest uitzwerven door schemergebieden, en steeds vaker vindt ze zichzelf in haar kinderjaren terug. Haar bed met spijlen, een paarse jurk, een poppenspel dat ze volkomen vergeten was. Haar kamertje – dat moet op het consulaat geweest zijn, maar het is een ander gebouw, een andere wereld, er bestaat niet de minste relatie met de stad waar ze de laatste winter heeft doorgebracht. De boeken die ze las, avonturenboeken, ze droomt over schepen die ook alweer geen verband houden met de drijvende hotels waarin ze op latere leeftijd heeft gevaren, en die geen andere herinnering nalieten dan de verveling van steeds dezelfde gezichten. De M'Edda droomt over fregatten en walvisvaarders die zonder mankeren vergaan, en ten slotte begrijpt ze waarom. Ze is als een schip waarop de pest is uitgebroken. De bemanning ligt dood naar de veel te verre wolken te staren. Haar zeilen zijn gescheurd, haar touwen schuren door. Het roer slaat linksom, rechtsom, weer naar links. Zigzaggend als een dronkaard vaart ze naar niets. De zon schijnt over tevreden golfjes...

Bang zijn voor pest, wat een dwaasheid. Pest maakt korte metten. Wat daar groeit en vreet in haar maag heeft langer werk. Het zat er al vóór Patricia kwam, toen ze er geen tijd voor en dus geen last van had. De M'Edda begint hardop te lachen. Ik wist wel dat er iets in me groeide. Ik dacht dat het een standaardwerk was. Toevallig was het een kankergezwel.

De dagen worden langer, en daarmee leger, leger. Ze durft nu bij de rivier te komen, plotseling zit ze halve dagen aan de oever. De vrouw Ilosja kijkt haar zwijgend aan van opzij als ze water gaat putten: als een M'Edda aan een rivier gaat zitten is dat geen goed teken. De oude vrouw weet wat die zijdelingse blik waard is, en natuurlijk denkt ze: waarom niet? Patricia Borne, Grace Borne, twee doelloze schepsels die zich een bestemming aanpraatten, waarom zou hun einde niet eender zijn? Desondanks: springen doet ze niet. Patricia sprong ook niet: ze moest geduwd worden. De M'Edda wordt niet geduwd, integendeel, er is iets dat haar ten slotte weer wegtrekt. Ze heeft op een avond een paar tijdschriften, die Patricia had laten slingeren, in een la gegooid – uit angst dat ze zou eindigen met erin te lezen. Daarbij is haar blik één seconde op de Eddur-papieren gevallen, die daar lagen opgeborgen, en waar ze zorgvuldig omheen heeft geleefd. De Doodshymne, het laatste fragment waarmee ze bezig is geweest:

Wier leven vervuld is, neem ze mee!
wier leven mislukt is en geen nut meer heeft
wier leven verduisterd is en die zeggen: ik ben hier
  vreemd...

Of ze wil of niet, die regels houden haar bezig, niet omdat ze in haar eigen gedachtengang passen, maar omdat ze te weinig passen in de gedachtengang van het Eddurvolk. In welke eeuw het ook leefde, niets wijst erop dat het zich een oordeel aanmatigde over het al dan niet mislukt zijn van een leven. Heeft ze die onderste regels werkelijk goed ontcijferd? Werd ze niet beïnvloed door haar ergernis over Patricia, het overbodige gescharrel en beschamende gekakel van wie een leven lang een kip zonder kop was gebleven? Haar ergernis! Tegelijk met de versregels springen haar oude gevoelens weer omhoog. Het is enkel het puzzel-element in haar studie nog maar, dat zich doet gelden, maar het is voldoende om herinneringen, die door zelfverwijt waren scheefgetrokken, weer recht te duwen. Zo goed de schoonzuster het bedoelde, haar nabijheid was een kwelling; bovendien is het uitkijken wat goede bedoelingen betreft: wie hun goedheid onder het mes neemt, schrikt vaak van wat hij overhoudt. Grace heeft geen behoefte aan die anatomie. De obsessie-Patricia vervaagt wanneer ze over het slot van de Doodshymne nadenkt, dus denkt ze na over het slot van de Doodshymne. De dag komt, waarop ze haar vertaling zoekt, en de kopie die ze van de kleitafel maakte. Natuurlijk, de onderkant was beschadigd. Maar wat heeft er dan gestaan? Wat geven andere versies van de hymne?

De M'Edda spreidt haar notities voor zich uit als kaarten van een spel patience. Het merendeel van het Eddur-archief heeft ze gekopieerd, misschien de helft ervan vertaald. Hymnen, hymnen, ze leest ze door, veruit de meeste teksten zijn godsdienstig. Grenspost of niet, de zevende-eeuwse vesting moet een centrum van devotie geweest zijn. Afleggers van een veel oudere liturgie uit het zuiden, daar hebben ze het mee gesteld, en de oude vrouw mag daar nog blij om zijn ook. In de bibliotheek heeft ze teksten gezien die wél de vereiste hoge ouderdom hadden, en dan ook afkomstig waren uit vroeger-beschaafde streken. Het schrift was in principe hetzelfde, maar uit de inhoud werd ze niet wijs. Had haar roze ruïne-stad werkelijk de vierenhalfduizend jaar geteld, die de M'Edda haar toebedeelde, dan had ze niets met die beschaving kunnen beginnen, aangewezen als ze was op haar vaders materiaal. Ze heeft het gevoel dat niet één, maar twee ringmuren haar buiten haar stad sluiten.

Desondanks zit ze nu weer achter haar schrijfbureau, wanneer het beest in haar maag het toestaat. Niets haalt een mens zo snel naar omlaag als verveling, ze moet tot elke prijs iets omhanden hebben; maar wie

zich een grote taak zag ontgaan heeft niet zo makkelijk een kleine gevonden. Voor het vertalen van nieuwe
teksten heeft ze de moed niet. Het is duidelijk dat de
meeste uit andere bronnen bekend zullen zijn, en met
het hele archief zou ze vermoedelijk niet meer klaar
komen. Ten slotte besluit ze, een inventaris aan te
leggen. Dat is een bezigheid die zin heeft en niet meer
inspanning vergt dan een versleten, haperende motor
als de hare nog op kan brengen.

Wie een oude vriend na jaren terugziet, merkt dat de
vriendschap een ander gezicht heeft gekregen. Men is
zelf veranderd, de vriend is veranderd – gewoonlijk
niet in zijn voordeel –, correcties in de verhouding zijn
onvermijdelijk, de oude intimiteit laat zich zelden herstellen. De M'Edda kijkt naar haar teksten, en natuurlijk, de bekoring die ze hadden is niet helemaal zoek.
Ze zijn in staat om de tragedie-Patricia op de achtergrond te schuiven en, bij perioden, de pijn en de bestemming waar die pijn als een richtingbord heenwijst.
Pijn is er geweest zolang er zenuwstelsels zijn, en een
mens moet ergens aan sterven; maar zolang hij in leven
is heeft het weinig zin, vooruit te lopen op een dood
waar hij dag noch uur nauwkeurig van kent. Er zijn
trouwens erger dingen. Geen dood is dood, geen pijn is
pijn, naast het verlies van Eddur: het lijkt of de oude
vrouw de volle omvang van haar echec pas beseft met
de opbrengt van haar lange studiejaren voor ogen. Hele
uren zijn er, waarin ze naar haar teksten staart als een
moeder naar de kleertjes van haar dode kind, terwijl de
tranen over haar wangen stromen. Een bibliotheek in-
ventariseren kan iedere idioot; ze heeft het gevoel of ze

een paleis opdweilt waarin ze ten troon had moeten zitten. Een boek over Eddur schrijven zoals zij het geschreven zou hebben, zal niemand ooit kunnen. Niet enkel omdat er nooit een dergelijk Eddur heeft bestaan, maar omdat niemand ooit zo hartstochtelijk, zo aandachtig, zo intens het leven van toen heeft meegeleefd. Zich tot hallucinerens toe in een andere, een afgewende tijd verdiepen: dat kan immers enkel een M'Edda, een Afgewende zelf. Het is in deze uren dat haar voor het eerst de absurde gedachte schampt: dat haar liefde voor Eddur belangrijker is dan de vraag of Eddur bestaan heeft; zoals het beeld dat we ons van de geliefde schiepen en dat we beminnen, belangrijker wordt, zuiverder, groter, dan de geliefde zelf, die ten slotte verbleekt en verdwijnt. Soms ook denkt ze vluchtig aan Mirre, met afgunst op zijn beperktheid en zijn tijdig heengaan. Mirre heeft de zaak op zijn kop gezet. Niet dát was ons vorig leven, maar dít. Nu Eddur opgehouden heeft te bestaan, zijn we niet anders dan schimmen.

Een inventaris maken kan iedere idioot, er is inspiratie noch liefde voor nodig, en dat is maar goed. De zevende eeuw laat de oude vrouw niet zonder meer onverschillig omdat hij eeuwen te laat kwam en onbelangrijk was: ze voelt er, steeds weer, een felle vijandigheid tegen. Het was de eeuw van een bruut volk, van dezelfde barbaarse horden die haar stad uithongerden en verwoestten, zelfs nu nog, nu die stad een schepping blijkt van de horden zelf. Haar visie op Eddur zit sinds zoveel jaren in haar vastgeroest, dat de werkelijkheid er steeds opnieuw mee in de knoop raakt en ze steeds opnieuw terugvalt, koppig kinderachtig, op haar laatste argument: in elk geval verwoestten ze Eddur-in-mij.

Aan de muur tegenover haar is het portret van haar vader blijven hangen op de plaats die Patricia het gaf, en zo vaak ze er naar kijkt denkt ze: jouw schuld. Dilettant die je bent. Als jij me niet op een dwaalspoor gezet had met je 'stad gedoopt in zonsondergang' was mijn benadering anders geweest. Ik zou mijn kleitafels gevonden hebben met een onbelaste geest, ik zou aan het werk gegaan zijn zonder grootheidswaan en tot de juiste conclusies gekomen zijn. De zevende eeuw, ik was er heel tevreden mee geweest, ik had er een aardige tijdpassering aan gehad en er verdienstelijke verslagen over gepubliceerd. Ze grijnst vluchtig: ze is teveel journaliste gebleven om niet heimelijk wat minachting te voelen voor verdienstelijke verslagen. 'De vaders hebben van de druiven gegeten en de tanden van de kinderen zijn er stomp van geworden,' citeert ze tegen haar vader, en voelt de opwelling om het portret te verwijderen voor de zoveelste maal wegzakken. Het hotel in de stad had spiegels te over om haar te bevestigen: ze lijkt op die man. Ze hebben de basis-vergissing gemeen: buiten de maatschappij te willen treden, maar bezig te blijven met een taak die zonder de maatschappij niet te volbrengen is. Alles heeft zijn tegenkant. Er zijn ogenblikken waarin de M'Edda haar vader niet aanklaagt maar bedankt. Als ze haar Eddur-tafels anders had benaderd was haar, met haar vergissing, ook een grote passie ontgaan: de enige werkelijke passie die haar geest ooit heeft gekend. Dan was ik geestelijk maagd gebleven, denkt ze honend, en geeft er vluchtig de voorkeur aan, haar geest te zien als een gevallen vrouw. Onzin, zegt ze bits, en buigt zich over haar werk. Als haar ziekte haar verstand begint aan te tasten mag ze wel haast maken met haar inventaris.

Haast maken – voor wie dan wel? Ze schrijft en schrijft, dit vak is het hare nu eenmaal, en als tijdverdrijf niet slechter dan figuurzagen of kleedjes knippen uit papier; maar ondertussen weet ze heel goed dat ze evenmin als vroeger in staat is tot een bezigheid die geen enkel nut heeft. Straks moet er iets gebeuren met dit overzicht; ze geeft zichzelf toe dat haar gedachten al geruime tijd uitgaan naar de Amerikaanse archeoloog in het stadsmuseum. In zekere zin heeft hij recht op haar gegevens. Ze liggen op zijn terrein en hij zou ze deskundig verwerken. Hoe ze zich zo kolossaal heeft kunnen vergissen zou hij nooit kunnen begrijpen, wetenschappelijk kuddedier als hij nu eenmaal is; maar daarvan hoeft hij niets te weten, niet van de vergissing, en niet van de schipbreuk die haar leven er op geleden heeft.

Naarmate haar werk vordert denkt ze vaker aan de archeoloog. Het was feitelijk een aardige jongen en de enige met wie ze in de afgelopen vijftien jaar verstandige gesprekken heeft gevoerd. Gesprekken op één niveau: tegen ieder ander sprak ze naar omlaag, als tegen de hond. Lager: Maj zei nooit iets terug, wat verheffender is dan kletspraat. Maar de archeoloog was niet enkel een vakman, hij was intelligent. In zekere zin is het jammer dat ze het drama van haar vergissing ook voor hem verborgen moet houden.

Wie was hij eigenlijk? Ze ziet geen kans om zich zijn

gezicht voor de geest te halen, en zijn naam herinnert ze zich op geen stukken na. Wat ze zich herinnert is zijn kinderlijke geestdrift voor de koning van het zevende-eeuwse splinterrijkje, en na verloop van tijd herinnert ze zich zijn stem erbij. Een erudiete stem zonder veel accent, en soms met een duidelijke warmte. Als ze dat terughoort ziet ze zijn glimlach erbij, en dan ten slotte toch het hele gezicht. Niet wat men een markante kop noemt. De bedeesdheid van de kamergeleerde had zijn trekken vervaagd, maar ergens, verdekt, lag ook het fanatisme van de kamergeleerde; in de kaak? de ogen? De M'Edda lacht – en zowaar zonder hoon – omdat ze in geen jaren zoveel aandacht aan een medemens heeft geschonken; waarschijnlijk sinds Martin niet meer. En dat terwijl ze de man nauwelijks zag zolang ze in zijn nabijheid was. Hoe lang heeft ze nog wel in de stad op het eind van de regen zitten wachten zonder aan hem te denken, laat staan hem op te zoeken?

Sinds Martin niet meer, welzeker, de Amerikaan zou haar zoon kunnen zijn. Of toch niet? Ze zoekt bij elkaar wat ze zich herinnert van zijn mededelingen over vroegere activiteiten, ze telt ze op; hij is niet zo jong als hij lijkt. Wat doet het ter zake? Voelt ze zich niet oud als de Grote Moeder van Eddur? Ook grijsaards konden haar kinderen zijn. Als de Grote Moeder van Eddur zal ze zich nu genereus moeten tonen voor een sterveling, en horen hoe hij juicht om een gave die ze zelf als afval beschouwt; welke domoor heeft toch uitgedacht dat goden blij zouden zijn met iedere aardse lofprijzing? Maar deemoedig is de jongen wel, denkt ze met iets van vertedering. Hij heeft genoeg aan een verleden van zesentwintig eeuwen, van hem hoeven het er geen zesenveertig te zijn. Vooruit dan, schrijf hem, waar is het wachten op?

Ze neemt haar pen en legt hem weer neer: hem schrijven is geen gering besluit. Haar vondst uitleveren betekent de ploeg halen over haar eigen stad. Met de bouwstenen van haar luchtkasteel zal een ander een solide loods optrekken. Wat een bestseller had moeten worden, komt als andermans droge verslag in een handvol vakbibliotheken.

De M'Edda loopt onrustig haar huis door. Als ze hem schrijft zal hij komen, en wat dan? Ze staat stil in de kamer waar steeds de kleren van Patricia nog liggen: daar zal hij moeten slapen. Ze staat stil in de keuken: wat, in godsnaam, moet ze hem te eten geven? Ze vlucht het terras op. Het is onmogelijk. Ze kent de man niet. Ze kan hem niet om zich heen verdragen, hem niet en niemand. Wat gaat zijn zevende-eeuwse koning haar aan, een bruut die mensenoffers bracht en op leeuwen jaagde? Laat de jongen blijven waar hij is. Laat hem verder knutselen aan zijn lijst van koninklijke leenmannen tussen 635 en 610; aan zijn studie over symboliek in de vormen van de handvaten van zevende-eeuwse oliekruiken. Als ze dood is kan hij komen. Eddur als erfenis, dat gaat. Eddur delen is onmogelijk.

Het is een laf besluit, en het stelt haar bovendien voor consequenties. Haar inventaris is niet volledig: in de crypt van de Doodstempel liggen nog minstens veertig kleitafels waar ze nooit naar gekeken heeft. Had ze de archeoloog laten komen, dan was het eenvoudig geweest om hem mee naar de burchtrots te nemen en hem ter plaatse te tonen wat er nog aan werk verzet moest worden; op schrift is dat nauwelijks uit te duiden.

De M'Edda heeft een nacht met meer pijn dan anders; twee maal moet ze opstaan om te braken, tegen de morgen is ze uitgeput. Toch doet ze wat ze nooit meer had willen doen en rijdt naar de rots.

Ze heeft geluk: de wachter is afwezig. Het kost haar uren, de onbekende tafels uit te zoeken en te vervoeren; en naar huis moet ze lopen, want de ezelmand is vol met uiterst broze waar. Het is nacht als ze thuiskomt, en het schemert alweer tegen dat alles is opgeborgen en door lappen en vodden behoed voor breuk en onbescheiden blikken. Een paar maal heeft ze haar werk moeten onderbreken, en de maïspap die ze trachtte te eten kwamen er aanstonds weer uit; toch voelt ze zich min of meer voldaan wanneer ze zich in haar bureaustoel laat zinken. Buiten juichen de vogels.

Na verloop van tijd ziet ze op haar bureau iets wits dat er niet hoort. Het is een brief. Iemand moet aan de straatweg geweest zijn en hem hebben meegebracht. De M'Edda tuurt een tijdje naar de afzender. Een zekere Evans, de naam wekt een vage herinnering, heette de consul Evans? Want de brief komt uit de stad. Natuurlijk is het de archeoloog die Evans heet. Zijn brief rept met geen woord over de zevende-eeuwse koning. Hij vraagt alleen hoe het gaat met zijn 'dear colleague', hij is niet gerust over haar gezondheid, niet gerust over haar eenzaamheid in de bergen, en of er iets is dat hij voor haar doen kan?

Daar zit dan Mrs. Borne, dezelfde die tegen haar schoonzuster begon te schreeuwen als die haar naliep met de zoveelste kop thee. Ze is uitgeput, ze is ziek, ze heeft Eddur verloren. Mrs. Borne zit met de brief van Lewis M. Evans in haar handen en merkt niet eens dat er tranen op vallen.

O ja, laat hem komen, ik kan het niet verder alleen. Ik weet dat ik dood ga, maar ik wil met iemand gepraat hebben eer het zover is. Mijn ringwal is stukgeschoten, ik moet over Eddur praten, niet die puinhoop op de rots, maar de puinhoop in mijzelf, de puinhoop van mijn afzonderingsmoraal. Laat hem komen. Ik kan het vragen, want ik stuur hem niet met lege handen heen. Wie een vondst als deze cadeau krijgt, kan in ruil wel een uur naar het gezeur van een zieke oude vrouw luisteren.

Ze schrijft een antwoord diezelfde vroege morgen, maar al schrijvende bedenkt ze dat ze tijd nodig heeft, en als ze klaar is legt ze de brief in de la. De inventaris moet gereed zijn voor hij komt. En eerst moet ze slapen.

Ze wordt wakker met minder pijn. Sinds de vrouw Ilosja haar heeft zien braken brengt ze haar halfzuster iedere morgen een kan geitemelk. De smaak is bitter, maar daar staat de M'Edda vooreerst niet bij stil. Ze kan de melk verdragen en het beest in haar maag lijkt er kalmer door: haar bewegingen zijn alleen wat trager. Ze zit in haar stoel voor ze haar werk met de kleitafels hervat, maar als ze de kamer doorkijkt beseft ze dat er nog meer moet gebeuren eer ze Lewis Evans kan ontvangen. Er zal gebezemd moeten worden, gedweild, gewassen. Zie dat huis eens, kaal, vervallen, vervuild, een vreemdeling moet er van schrikken, arm huis.

Ze begint bij de logeerkamer, die geveegd en gelucht wordt zo goed het gaat. Ze haalt er de laatste bezittingen van Patricia weg, kleren, toiletartikelen waaronder zowaar een spiegel. Ze bekijkt er zichzelf in, vervallen, vervuild, een vreemdeling moet er van schrikken, arme Grace. Met de borstels en spelden van haar schoonzuster tracht ze haar pieken in een wrong te werken, ze probeert een laf-geurende crème op haar verweerde gezicht, ten slotte trekt ze één van Patricia's jurken aan. De spiegel lacht haar uit, bijna hoorbaar, en een ogenblik ziet ze, door haar vaders trekken, iets van haar moeder in de opgetakelde nadagen; hals over kop vlucht ze terug in haar oude plunje. Koketterie zonder charme is een vernederende stuiptrekking van het vrouwzijn. Het is te laat. De lichamelijke bezigheden putten haar uit, haar hoofd lijkt een doodshoofd. Of ze deze gezichtskleur vroeger al had weet ze niet, maar het is geen goede kleur, en crèmes veranderen niets.

Ze maakt haar inventaris af, het gaat langzaam, de inhoud van de kleitafels is onbekend en haar tempo lijkt terug te lopen. In vrije ogenblikken leest ze de brief van Lewis M. Evans door, en haar antwoord dat ligt te wachten. Een mens om straks tegen te praten, en in die mens een mensheid. Ik heb de onhoudbaarheid van mijn eigen stelling bewezen, ik weet nu dat men de banden met de samenleving niet straffeloos verbreken kan. Ik herstel het contact door mijn hand naar Evans uit te steken. Ik betaal mijn boete met het Eddur-archief. Er is geen ontkomen aan: wie van de mensheid vervreemdt, vervreemdt van zichzelf. Wisten ze dat in

Eddur al? 'Wier leven verduisterd is en die zeggen: ik ben hier vreemd.' Staat het er? Staat het er niet? Was het ook toen al zo, dat een mens zich mislukt en op sterven moest weten, om een gemeenplaats te accepteren? Gelukkige mensen, denkt Grace, hebben zelden behoefte gehad aan filosofie.

Een mens om tegen te praten, een mens die leeft en denkt op hetzelfde niveau; maar dan is het ook een vergissing om het contact te willen bevorderen door de society-jurken en society-snufjes van een even domme als dode schoonzuster.

Het overkomt haar vaker dat ze in slaap valt, sinds ze de bittere melk van Ilosja drinkt. Haar dromen zijn fantastisch en verward. Het is misschien een week na haar bezoek aan Eddur dat ze uit zo'n droom wakker schrikt met een panische angst: Lewis en Martin waren er éénzelfde persoon in geworden.

Ze hebben niets van elkaar. Martin was een sarcastische, doortastende nieuwsjager, Evans een onzekere kamergeleerde met een wonderlijke hobby. Grace is uren bezig, zichzelf gerust te stellen met alle verschillen die ze tussen beiden kan vaststellen, maar het onbehagen blijft. Dromen als deze hebben weinig te betekenen: ze weet waaraan ze ze te danken heeft. Met het leven in de nederzetting heeft ze zich nooit bemoeid, en in deze laatste maanden merkt ze maar weinig op wat niet pal binnen haar gezichtsveld ligt. Toch is ze, op een morgen toen ze een lege kan naar Ilosja terugbracht, plotseling getroffen door het stralende rood dat overheerste in de kleine tuintjes tussen de hutten. Het zijn natuurlijk geen tuintjes, het zijn papaverakkertjes, door de huisjes gecamoufleerd en door hun ligging op een Brits buitengoed betrekkelijk veilig voor de regering die dit kweekprodukt verboden heeft. Wat ze jarenlang blindelings voor liefhebberij-tuinieren heeft versleten, is misschien het belangrijkste middel van bestaan voor de nederzetting. Was dat wat Patricia ontdekte? Wordt het leven van de ene vrouw verlicht door iets wat de andere vrouw met de dood moest bekopen?

De M'Edda meent te weten wat opiumdromen waard zijn, maar dat haar onderbewustzijn Martin met Evans kon identificeren blijft haar bezighouden. De journalist, de geleerde: zijn het de personificaties van haar eigen twee levensfasen? Ze voelt dat ze heendraait om iets dat ze heel goed weet, en ten slotte geeft ze het zich toe. Zij zelf is de schakel: haar eigen bereidheid, zich voor hen open te stellen. Twee wezens die haar leven schampten in kritieke perioden. Twee lokroepen, die een gevangene konden bewegen, zich te bevrijden uit de eenzame opsluiting waar ze, achter haar trots, onder leed. Daar ligt de werkelijkheid. Valt er wezenlijk aan een tweede bevrijdingspoging te denken, nadat de eerste zo smadelijk is mislukt?

Het was een vereenzaamde Grace die in de nabijheid van Martin ontdooide; dat besefte ze pas toen de dooi had ingezet. Ze bewoog zich soepel genoeg in de roezige kring van collega's, de gewiekste, amusante, onbetrouwbare collega's: zo wordt een mens in de journalistenwereld, zo zou Martin worden, zo was ze zelf, maar daaronder lag de eenzaamheid van een vrouw die ouder wordt en niets heeft om op terug te kijken dan

een mislukt huwelijk en een paar vluchtige successen.
Martin had haar opgevangen.

Martin had haar volstrekt niet opgevangen. Ze had het zich wijsgemaakt, in één moeite door met alle andere kwaliteiten die ze hem toedichtte. Wie verliefd is maakt zich wijs wat hij wil, en verliefd werd ze omdat ze nog één keer verliefd wilde zijn. Verliefd zijn is: buiten zichzelf treden; een doel waar ze welbewust op af ging. Zo werd de brave Martin tot kapstok van gevoelens die hij niet in die mate had uitgelokt – een charmeur die zijn hengel had uitgeworpen voor een flirt en tot zijn schrik een passie omhooghaalde! – en waar hij geen raad mee wist. Grace kon hem niet werkelijk verwijten dat hij zich gaandeweg terugtrok, haar verdriet en verbittering ten spijt was ze hem zelfs dankbaar voor de ongewone behoedzaamheid waarmee hij zich van haar losmaakte; want haar blik bleef lucide als van een patiënt tijdens een operatie zonder narcose. Het is alleen verwonderlijk, zo lang als een hart nodig heeft om te accepteren wat een verstand bijna van meet af aan heeft doorzien. Achter een façade van briljante charme school een karakter dat haar liefde niet waard was en niet begeerde; want behalve voos en grillig was Martin veel te egocentrisch om zich in andermans gevoelens met enige aandacht te kunnen verdiepen. Hij verwachtte ze wel, ze waren het tribuut aan zijn Don-Juans-kwaliteiten – maar op zichzelf gingen ze hem niet aan, en last moest hij er niet van krijgen. Ze wist het. Ze wist het binnen enkele maanden – maar aan de illusie van zijn belangstelling, zijn medeleven, zijn genegenheid, klampte ze zich jaren vast. Ze kon zich voorhouden dat er in werkelijkheid niets veranderde toen hij definitief uit haar leven verdween, het verschil bestond enkel in schijn, de leegte was er immers al, de leegte was nooit weggeweest. Niettemin waren die eerste maanden vol met de wildste zelfmoordplannen. Niets bijzonders, lees maar na in de boekjes, een bijverschijnsel van de overgangsjaren.

Een jaar nadat Martin van krant was veranderd verscheen zijn roman, die haar noopte haar oordeel althans voor een deel te herzien. Hoe onverschillig hij geweest mocht zijn, geluisterd had hij toch blijkbaar wél naar wat ze hem over zichzelf had verteld: voor de hysterische oude vrijster die een min of meer komische rol in het boek speelde, had niemand anders dan Grace Borne model gestaan. De gebruikelijke verzekering-vooraf dat alle personen en gebeurtenissen fictief waren, kon de gelijkenis alleen onderstrepen.

Onzin, zegt de M'Edda opnieuw. Hoeveel jaren is het niet geleden. Ik had het boek compleet vergeten. Goed dan, voor mijn part: ik had het verdrongen. Maar nu ik het me herinner kan ik zeggen dat ik hem dat boek vergeven heb. Nieuwsgaren is het goede recht van een schrijver. Wie weet had ik Martin wel geportretteerd: de begaafde, vluchtige, trouweloze, als ík tot een roman in staat was geweest. Dat was ik niet. Hij ook niet: het boek was slecht. De critici zwegen het dood uit collegialiteit, het werd enkel gelezen in de kringen die hem kenden en dus: mij hérkenden. De enige kringen die noodlottig waren.

Natuurlijk, ook dat heeft tot mijn vertrek naar Gharna bijgedragen. De bleke glimlach van de onschuldige Mr. Evans was nodig om me het littekenweefsel te laten voelen dat blijkbaar onder de huid van mijn bewustzijn heeft gewoekerd. Het kan raar lopen in de psychologie.

Het loopt nog raarder: een dag later verscheurt ze de brief aan Lewis M. Evans. Hij is een beste jongen, en onterven zal ze hem niet; maar de inventaris krijgt hij per post en als bijvoegsel tekent ze nu een plattegrond van de burchtrots met de Doodstempel en een pijl naar de stenen die de crypt afsluiten. Het was een goede, een waarschuwende droom die de jongeman met Martin verwarde: wat hen verbindt is de schijn van belangstelling, waarvoor ze niet opnieuw mag bezwijken. Verder dan een oppervlakkige hoffelijkheid kan de deelname van de archeoloog onmogelijk gaan. Hij kent haar niet, en om haar conflict te begrijpen is hij veel te jong. Te jong en te veel vakman. Ze voelt het neerbuigende medelijden al: van de deskundige met de leek, van de gezonde met de zieke. Hij zou in staat zijn haar naar een dokter te sturen. De dokter zou in staat zijn haar naar Engeland te sturen. 'Home': een sterfkamer in een ziekenhuis; voor het uitstel dat operaties en bestralingen kunnen bieden is het te laat. Ze wenst dat uitstel trouwens niet, en ze wenst geen hulp. Hulp van een gemeenschap, waar ze is uitgetreden, lijkt haar laf en inconsequent, verachtelijker nog dan de bekering van gezworen atheïsten op hun sterfbed. Confrontatie met het raadsel: dood kan ten slotte, behalve tot angst, ook nog tot bezinning leiden. Wat háár tot een medicus zou drijven, en daarmee tot verloochening van haar fier-gekozen isolement, zou enkel voortkomen uit angst voor pijn en een vastklampen aan een leven dat geen zin meer had; maar hoe zou een simpele ziel als Mr. Evans dat begrijpen? Ze houdt het bij de bittere melk van Ilosja. Die bijstand kan ze aanvaarden. Niet enkel, omdat op het consulaat in de stad het testament ligt, dat Gharna aan haar halfzuster vermaakt. Ilosja en haar stam horen voor de M'Edda niet zonder meer tot de afgezworen gemeenschap. Het zijn tussen-wezens. Anders dan zij vormen ze zelf een soort samenleving, maar die samenleving heeft zich even resoluut van de buitenwereld afgewend als de M'Edda.

De kleitafels hebben hun letters en nummers, aan het register hoeft enkel de laatste hand nog te worden gelegd. Het duurt drie dagen, vijf, een week: de tijden, waarin de oude vrouw tot werken in staat is, worden steeds korter, en soms merkt ze dat ze fouten begint te maken. Ze krijgt meer haast naarmate ze langzamer vordert: het is duidelijk dat ze niet veel tijd meer heeft. Een paar dagen stelt ze het zonder opium, wat haar meer helderheid oplevert, en meer pijn.

Het gaat nu niet langer aan, de dood te negeren. Als een bezoeker eenmaal in zicht is, kan zelfs een M'Edda niet ontkennen dat hij ook werkelijk komt, en spoedig. Hij brengt haar minder in paniek dan een bezoeker van vlees en bloed zou doen. Ze laat te weinig achter; en ze heeft zich te lang met een ver verleden beziggehouden om niet vertrouwd te zijn met de vergankelijkheid van het Nu. Toch is de dood, die ze op zich af ziet komen, een andere dan ze verwacht had. De beelden waarmee ze speelde zolang ze gezond was, waren vredig: graszijn, straks. Wolk-zijn, straks. Straks was verweg: er kon immers geen sprake zijn van sterven eer het boek geschreven was. Het wordt niet geschreven, daar is het leefcontract mee opgezegd. Straks is vlakbij, en mist alle mildheid die ze uit de verte zag. Er is geen licht, geen glimlachend oplossen in een voorjaarskosmos: er is hardheid, duisternis. Geen hand die haar romantisch wenkt: een monster dat zich binnen in haar genesteld heeft en haar leeg vreet, brutaal vanaf het moment dat het geen weerstand meer voelde. Ze is er niet werkelijk bang voor, uit vermoeidheid misschien, of komt het door de opium? De dood is al een deel van haar, de onverschilligheid, die als een mist in haar geest zakt, is een vorm van dood, waarom zou ze bang zijn voor zichzelf? De zending aan Mr. Evans is gereed en stevig verpakt; nu volgt de laatste etappe. De M'Edda heeft elk onderdeel zorgvuldig doordacht. Ze vraagt aan Ilosja om een grotere voorraad van het bittere, omdat ze een paar dagen afwezig zal zijn. Ze heeft met onwilligheid gerekend: ten slotte is dat wat ze vraagt belastend bewijsmateriaal. Maar Ilosja aarzelt niet. Ze houdt een dropachtige substantie boven het vuur en vermengt die dan, gesmolten, met de zelfgestookte brandewijn die de M'Edda vaak bij feesten geroken, en een enkele maal geproefd heeft. Geitemelk is te bederfelijk voor een reis. De verklaring voor Ilosja's bereidwilligheid komt in een enkele volzin: 'Dit was het enige wat de Wijze Man nog dronk voor hij heenging.'

Het dringt tot de M'Edda door dat ze zich nooit heeft afgevraagd waaraan haar vader gestorven is. Ze beseft bovendien dat het ogenblik gekomen is, Ilosja van haar testament op de hoogte te stellen. Tot dusver heeft ze zich daar wel heilig voor gewacht: haar dood moest voor de stam niet gunstiger zijn dan haar leven. Als ze nu nog blijft zwijgen kan het te laat zijn.

Ilosja toont zich niet uitbundig. Ze toont niets. Ze kijkt haar halfzuster na, als die langzaam het erf afloopt naast de volgepakte ezel. Niet in de richting van de straatweg. De richting van Eddur.

Ditmaal is de wachter op zijn post, de radio krijst de M'Edda tegen als ze met haar laatste krachten de burchtrots beklimt. Ze heeft erop gerekend. Bij de winkel aan de straatweg heeft ze laatst een rode motorfiets zien staan, en de winkelier vertelde: daarop stuift de Eddur-wachter naar de stad zo vaak hij de kans krijgt. De M'Edda biedt hem zo'n kans: hij moet haar pak afleveren bij de Amerikaan in het museum, die hem daar – het staat in bijgevoegde brief – rijk voor zal belonen. Twee dagen kan hij wegblijven, twee dagen houdt zij de wacht over Eddur.

De jongen laat haar nauwelijks uitspreken. Hij is geen bergbewoner zoals Mirre was, hij verwenst de eenzame puinhoop en snakt naar de stad waar hij als pauper leefde, maar vertier had. Hij grist haar het pak uit de handen en is in een ogenblik op weg. De M'Edda kijkt hem na tot hij uit zicht en zijzelf wat bekomen is. Dan tuigt ze de ezel af en blijft tot de schemering bezig met de kleitafels: tafels die ze terugbrengt, tafels die er al waren, alles wordt opnieuw geordend in de lompe rekken van de crypt, die Mirre onhandig in elkaar getimmerd heeft. Voor bezoekers is ze niet bang: geen sterveling haalt het in zijn hoofd, de resten van een zevende-eeuwse grenspost te komen bekijken. Als de platte stenen de crypt weer bedekken is het nacht. Ze strooit er onkruid en gruis overheen. Nu is hier geen mens ooit geweest, nu heeft er nooit een crypt bestaan.

Ze had gedacht dat ze Mirres geiten zou melken, maar Mirres geiten zijn verdwenen. Des te beter: ze is te vermoeid om met uiers te prutsen. Nu ze haar taak heeft volbracht is er niets meer om pijn en uitputting op een afstand te houden. Ze komen dadelijk aange- slopen, stiekem en begerig als hyena's wanneer een kampvuur is uitgebrand. De M'Edda neemt een paar slokken uit Ilosja's fles, braakt ze uit, drinkt opnieuw – dan wordt het eindelijk rustig binnen. Ze blijft niet lang liggen op de smerige brits in het wachtershuisje. Dit is haar laatste nacht in Eddur, de eerste en enige die ze er alleen doorbrengt. Ze wikkelt zich in een voddige deken en gaat op een zuilstomp zitten, de stomp van haar voorkeur, dicht bij de afgebrokkelde vestingmuur, zodat ze in het dal kan zien. Hier, dacht ze vroeger, stond de burchtwoning van Eddurs koningen; zo is er op de hele rots niets zo zwaar door de werkelijkheid gedevalueerd als juist deze stomp. De M'Edda voelt zich één met het marmer, terwijl ze de dodenwacht houdt aan de baar van haar gestorven stad: een karya- tide waar het dak van jaren en jaren illusies op rust.

De maan is niet meer dan een sikkel, maar de sterren, kolossaal en ontelbaar, lijken dichtbij. In het dal beneden ligt nevel, maar de bergen steken er scherp en koel bovenuit. De pijn is nu dragelijk; als muziek die wel slecht is, maar ver genoeg op de achtergrond klinkt dat men er af en toe overheen kan luisteren. Veel te luisteren valt er stellig niet meer.

'Wier leven vervuld is... mislukt is... verduisterd is... en die zeggen: ik ben hier vreemd...' Nee, het staat er niet. De M'Edda kijkt naar de maan en plotseling voelt ze zich bevrijd en gelukkig. Het staat er niet, maar wat doet het er toe? Wat ze neerschreef was háár hymne, zoals die gezongen werd in háár stad. Gezongen werd, gezongen wordt, steeds nog, aanstonds ter ere van haar. De stad is levend, het is de stad die bij de M'Edda waakt, niet omgekeerd. Wat de wereld wenst te weten van een onbelangrijke vesting uit een vervaltijd, kan ze straks uit een Amerikaanse verhandeling vernemen. Het ware Eddur, het veel oudere, wijzere, schonere, heeft daar niets mee te maken.

De slotregels van de Doodshymne, ze herhaalt ze voor zichzelf en besluit dat ze er een commentaar aan toe moet voegen. De vrome dichter heeft hier ver- schillende levens bedoeld. Wat vervuld is, kan niet mis- lukt zijn. En wat de moed heeft te erkennen: ik ben hier vreemd, is niet verduisterd, maar verlicht. De vrome dichter heeft met het principe van contrasten gewerkt, dat kenmerkend is voor de dichtkunst van zijn cultuur.

Ze voelt zich nu heel helder, en kan haar leven over- zien als de wijde nachtelijke wereld aan haar voeten. Ze ziet zichzelf uit de nevel van haar stadsbestaan de een- zaamheid van de bergen inklauteren, en met de ozon en de ijlere lucht ademt ze de vrede in. Zie je wel, ik heb het toch goed gedaan. Ik klom weg uit het platvloerse en bijkomstige toen ik besefte dat ik er niet langer hoorde. Wie zeggen kan: ik ben hier vreemd, kan niet anders doen dan weggaan, teruggaan, op zoek naar zijn

oorsprong. Geen cel die zich van een organisme af-
scheidt: een cel die naar een nieuwe functie groeit.
Daarom is er ook van afsterven geen sprake. Ik heb me
laten wijsmaken dat ik me buiten de gemeenschap
plaatste. Al wat ik deed was: de gemeenschap-van-nu
op de achtergrond schuiven. Het Nu wordt mateloos
overschat. Wat is het helemaal: het raakvlak tussen
Toen en Straks, even vluchtig als de lijnen op de rug
van de bruine rivier. Wie zich op het Nu concentreert,
blijft onvermijdelijk in bijzaken en alledaagse kletspraat
steken. Ik heb geprobeerd, me daaruit los te maken.
Dat was mijn goed recht. Ik heb geprobeerd wat verder
te zien en wat wijzer te worden. Daar had ik stilte voor
nodig. Waarom kluizenaars wel en een M'Edda niet?
Zij betalen hun schatting met gebeden, ik had de mijne
met een boek betaald. Maar ik ben te lang getraind in
een conventioneel soort naastenliefde, dat heeft me
oogkleppen aangelegd. Een pakzadel vol schuldgevoelens heeft het me opgebonden. Daarom kon de rechtlij-
nigheid van een Patricia vat op me krijgen. Maar gemeenschapszin is pluriform.

Het heden laat zich niet zonder meer wegschuiven.
Patricia, Evans, mijn ziekte, ze kwamen allemaal als af-
gezanten. Bijna was ik omver getrokken: zo vast zaten
mijn wortels niet in de grond. Ik was onzeker, ik had
pijn, en toen kwam de val van Eddur. Hier ligt mijn
grootste vergissing, denkt de M'Edda, een hand op de
zuilstomp die steeds nog een rest zonnewarmte vast-
houdt. Ik dacht dat mijn boek overbodig was geworden, en dus: dat ik ten onrechte uit de wereld was
gedeserteerd. Alsof een priester van een dwaalleer geen

priester blijft, zolang hij zelf in die dwaalleer gelooft! Geen dwaalleer. Leer. Van dwaalleer spreekt enkel wie zelf een andere dwaalleer aanhangt. Mijn Eddur dwaalt niet, het is veel werkelijker dan de werkelijkheid van Evans. Even werkelijk als de wolken, de nevel, de rivier. Mijn stad is geboren uit bezinning en stilte, en het is nog altijd mijn taak om door te geven wat zij me te zeggen heeft.

Gelukkig dat ik dat eindelijk zie, denkt de M'Edda, en komt overeind. Ik moet aan het werk zodra het licht is, ik heb nog maar weinig tijd om op te schrijven wat Eddur te zeggen heeft. Als mijn boek verschijnt ben ik dood, maar zo moet het zijn. Want natuurlijk was ook dat een vergissing: beroemd willen worden in een heden waarvan men zich heeft afgewend. Erger dan ijdelheid: inconsequentie.

Ze belandt nu toch weer op de smerige brits, want ze wil krachten verzamelen. Terwijl ze een slok neemt van Ilosja's brouwsel denkt ze nog vluchtig aan de test die ze voor Lewis M. Evans als een valstrik heeft uitgezet. Meende hij zijn brief en was hij werkelijk met haar begaan, dan zal hij eerst naar Gharna rijden. Daar vindt hij haar niet en dat is dan maar goed. Gaat het hem enkel om de vondst, dan komt hij aanstonds naar Eddur. Het is mogelijk dat hij haar dan nog treft, maar dat hindert niet: van de verleiding tot een persoonlijk gesprek is in dat geval geen sprake. Ten slotte kan het zijn dat hij aan haar onthulling geen geloof hecht, en pas naar de bergen komt als hem dat toevallig zo past: dan vindt hij haar nergens meer. Drie mogelijkheden, ze heeft ze al van zich afgezet voor ze ze heeft opgesomd.

Ze heeft Mr. Evans geschrapt.

Ilosja's drank maakt haar doezelig, maar werkelijk slapen doet ze niet, daarvoor is de nacht niet stil genoeg. Ze ligt te luisteren naar de regelmatige passen van de schildwachten, hun bronzen wapens tinkelen tegen hun kurassen. Soms huilt een kind of blaat een dier, en uit het wijnhuis komt bij vlagen fluitspel en gelach; dan voelt de M'Edda zich dankbaar om de zorgeloosheid van haar volk. Gelukkig wie niet in de toekomst kan kijken! De barbaren zijn kennelijk nog ver weg.

Als ze overeind schrikt met een woedende pijnaanval, is het licht geworden Ze kromt zich zo, dat ze van de brits valt. Het duurt lang voor ze zich naar de bank kan slepen die voor het huisje staat, en naar de drank grijpen die in de ezelmand ligt; de ezel zelf is verdwenen. Ze drinkt de fles leeg, voorzichtig, maar tot de bodem: er is veel te doen en met deze pijn kan ze niet werken. In de mand ligt ook de blocnote die ze altijd bij zich heeft, en terwijl ze wacht tot de kramp verflauwt, bladert ze werktuigelijk door de oogst van een jaar vertalen. Het lied van de dode Zonnegod, het lied van de Grote Moeder als de winter valt. Het schip op de berg, 'één dag en twee dagen, niet te verroeren, drie dagen, vier dagen, niet te verroeren...' De Grote Moeder die de schepping vervloekt, de Grote Moeder die haar zoon uit de hel haalt, en: 'Laat ons vóór haar treden en haar heil toeroepen.' De dood die omgaat door de nacht en: 'Smart is over 't land als een stortvloed neergeregend.' De tranen staan in haar ogen om zoveel schoonheid. Zijn er ooit zulke prachtige hymnen geschreven? Het schijnt dat ook andere bronnen ze vermelden. Dat is natuurlijk van geen enkele betekenis. Voor háár waren ze nieuw, ze heeft ze woord voor woord ontcijferd, en er steen voor steen een stad mee gebouwd.

Ze voelt zich heel gelukkig, als ze van haar papieren opziet naar het plein waar deze liederen gezongen zijn. Waar ze ontstaan zijn. Het is er nu vol leven. Kleine meisjes komen terug van de bron met ongeglazuurde kruiken, ze proberen al, de kruiken op het hoofd te dragen. Dat lukt zo maar niet! Eén verliest haar evenwicht, ze wordt kletsnat. De anderen lachen en Grace lacht mee, het is zo'n komisch gezicht. Het lijken trouwens wel sari's die de meisjes dragen, en let eens op die snoetjes, ik had gelijk, dit volk komt uit India.

In een hoek van het plein stallen boeren en pottenbakkers hun waren uit, het schijnt marktdag te wezen. Grace hoeft er niet voor op te staan, ze kan vanaf haar bank heel goed zien wat er te koop is. Meel en maïs, dadels, papaya's, granaatappels. Willen die hier wel groeien? Ver voorbij de vesting ziet ze de bergen donkerbebost, natuurlijk, er is dus nog aarde, goede zwarte akkergrond. Eddur is vruchtbaar, en het klimaat veel gunstiger dan iemand gedacht had. Ze kijkt naar de potten en schalen, sommige zijn kunstig beschilderd met guirlanden, met krijgers, danseressen, jagers, met grote beesten, herten, en jawel hoor: tijgers, geen leeuwen. Ik moet het noteren, denkt ze, en tast naar haar ballpoint. Maar op dat moment wordt de bronzen gong geslagen die op het bordes voor de tempel staat, tussen de stenen dieren. De tempel van de Doodsgod, maar hoe heeft ze over het hoofd kunnen zien dat Doodsgod en Zonnegod één wezen zijn, dat hier bij dag heerst en ginder bij nacht?

Van alle kanten loopt het volk uit de huizen op de tempel toe. Een oud vrouwtje wil Grace meenemen en steekt haar een hand toe, maar Grace geeft niet toe aan de verleiding. De tempeldienst kent ze goed, de tempeldienst komt later wel, eerst moet ze schrijven. Haar boek! Het grote boek over de Afgewende Stad, de stad gedoopt in zonsondergang, vierenhalfduizend jaar oud.

Ze staart op een schoon blocnotevel met gefronste wenkbrauwen. Hoe had ze toch willen beginnen? Lagen ze niet al jaren gereed in haar hoofd, de eerste regels, de eerste hoofdstukken? Ze gelden niet meer. Nu de stad om haar heen gonst als een levende werkelijkheid, kan ze haar niet als historie beschrijven in de verleden tijd. Uit de tempel komt gezang, hoge stemmen, met niets te vergelijken dat ze ooit heeft gehoord. De M'Edda drukt op haar ballpoint en schrijft.

In de naam van de Grote Moeder die het koren laat
  groeien,
in de naam van de Zoon die de levenden beschijnt en de
  doden beschijnt,
deze stad wil ik beschrijven, die tot hun eer gebouwd
  is,
gebouwd, toen niemand hier nog steden bouwde,
tot hun eer, toen niemand hen hier nog vereerde.
Die daar komen en zeggen: 'ze heeft nooit bestaan,' ge-
  loof hen niet!
Die daar zeggen: 'ze is een verzinsel', lach hen uit!

Want ik heb haar zien bouwen, zien bloeien, zien
*   sterven,*
de getuige van Eddur, ik ben het...

Een heel goed begin. Van hieruit kan ze aanstonds de
karavaanweg beschrijven die van India over de bergen
leidt, iets meer naar het zuiden, waar later een straatweg zal lopen. Hoe een handvol pioniers dit zijdal
binnentrok, de rots vond met het roze marmer, en een
stad begon te bouwen. Ze ziet het voor zich, ze kan het
zó vastleggen, straks, als ze gerust heeft. Met een hand
die niet vast meer is noteert ze de zinnen die ze niet
mag vergeten:

Niet gras zijn of wolk maar een steen. Geen leven leeft
feller dan wat van buiten dood lijkt.

Het moeten stille kassen zijn, wil de druif van de wijs-
heid er rijpen.

De waarheid kan niet beginnen eer de werkelijkheid
heeft uitgediend.

Waar de deugd-van-naastenliefde verslijt en door de
gewoonte-van-naastenliefde wordt vervangen...

Straks. Straks verder, nu is ze te moe. Ze heeft in
nachten niet geslapen, een enkel uurtje kan er wel af.
Het begin van het boek is er, de rest komt zonder
moeite. Ze heeft voor het eerst geen pijn meer, maar
dat spreekt vanzelf. Ze heeft het altijd geweten: de pijn

komt alleen van het niet-kunnen-schrijven.

De M'Edda nestelt zich op de bank, behagelijk, volkomen gelukkig. Blocnote en pen rollen op de grond. Uit de tempel komt het hoge gezang.

Zo vindt haar een dag later de Amerikaanse archeoloog, als hij met de wachter naar de burchtrots komt rijden om te zien wat er waar is van het wonderlijke bericht dat een wonderlijke oude vrouw hem toezond.